冯骥才的写作课

冯骥才 著

浙江人民出版社

图书在版编目（CIP）数据

冯骥才的写作课 / 冯骥才著 . — 杭州：浙江人民出版社，2022.10（2023.12 重印）

ISBN 978-7-213-10597-5

Ⅰ . ①冯… Ⅱ . ①冯… Ⅲ . ①冯骥才－文学研究 Ⅳ . ① I206.7

中国版本图书馆 CIP 数据核字（2022）第 077864 号

冯骥才的写作课

FENG JICAI DE XIEZUO KE

冯骥才　著

出版发行	浙江人民出版社（杭州市体育场路 347 号　邮编　310006）
责任编辑	祝含瑶
责任校对	王欢燕
封面设计	末末美书
电脑制版	麦莫瑞
印　　刷	三河市冀华印务有限公司
开　　本	880 毫米 × 1230 毫米　1/32
印　　张	8.25
字　　数	135 千字
版　　次	2022 年 10 月第 1 版
印　　次	2023 年 12 月第 3 次印刷
书　　号	ISBN 978-7-213-10597-5
定　　价	46.00 元

出版说明

　　中国当代文学大家冯骥才以写知识分子生活和天津近代历史故事见长，以小说、散文、非虚构作品蜚声四海。其小说《俗世奇人》《神鞭》《高女人和她的矮丈夫》等描写民间传奇、世态人情无不灵动传神，表现了冯氏心中追求的人情美和人性美；其散文《珍珠鸟》《黄山绝壁松》《挑山工》等富有生活气息，情趣盎然，情理兼容，启迪人心；其非虚构作品《一百个人的十年》忠于现实，刻录了一代中国人的心灵记忆，发人深思。这些作品均经久不衰，受人喜爱。冯氏小说语言与散文语言迥然不同，其小说语言充满地方特色，善于运用天津方言，使人物历历在目、活灵活现；其散文语言则清新质朴、雅致简洁，充满浓厚的小说家或画家气息，文气氤氲。但无论小说还是散文，冯氏都善于捕捉细节，文字的画面感极为强烈。其创作风格则表现为现实与传奇相结合，对平凡人进行细致深入的描写，挖掘生活的底蕴，体悟人生的况味。

在数十年的文学创作生涯中，冯氏自发或受邀发表过不少文学创作心得（如《作家要干预人的灵魂》《我心中的文学》《小说的艺术》《小说的眼睛》《小说的尾巴》《趣说散文》《胸无成竹的快乐》《文章越短越好》），既涉及小说，也涉及散文；既涉及创作观，也涉及写作技巧。其观点掷地有声，令人拨云见日，表达了冯氏对于文学创作的独到认知，虽不成系统，却仍值得参考，或有点石成金之效。

为方便今天的读者研究学习，本书以冯氏过往已出版作品《我心中的文学》（上海文艺出版社，一九八六年版）、《我的文化人生只修不改》（时代文艺出版社，二〇一八年版）、《俗世奇人》（作家出版社，二〇〇八年版）为底本，精选出冯氏数十篇文论结集为一册，命名为《冯骥才的写作课》，以展示冯氏数十年创作经验。现将编选、编辑原则说明如下：

一、按内容分为创作观、小说艺术、散文技巧三大类；

二、为尊重冯氏作品原貌，除修改校订错别字、统一字词现今用法（如"的""作"）外，其惯用的表达方式不作改动；

三、特别收录冯骥才经典短篇小说、散文各五篇为范本，供广大读者学习参悟。

因编者水平有限，本书或有错讹、不当之处，祈望读者海涵。

本书编者

二〇二二年六月十五日

目　录

第三章 散文其实有技巧

附录一　冯骥才经典短篇小说选

附录二　冯骥才经典散文选

第一章　冯骥才自述创作观

我心中的文学

真正的文学和真正的恋爱一样，是在痛苦中追求幸福。

一

有人说我是文学的幸运儿，有人说我是福将，有人说我时运极佳，说话的朋友们，自然还另有深意的潜台词。

我却相信，谁曾是生活的不幸者，谁就有条件成为文学的幸运儿；谁让生活的祸水一遍遍地洗过，谁就有可能成为看上去亮光光的福将。当生活把你肆意掠夺一番之后，才会把文学馈赠给你。文学是生活的苦果，哪怕这果子带着甜滋滋的味儿。

我是在"十年动乱"中成长起来的。生活是严肃的，它没戏弄我。因为没有坎坷的生活的路，没有磨难，没有牺牲，也就没有真正有力、有发现、有价值的文学。相反，我时常怨怪生活对我过于厚爱和宽恕，如果它把我推向更深的底层，我可能会找到更深刻的生活真谛。在享乐与受苦中间，真正有志于文学的人，必定会心甘情愿地选定后者。

因此，我又承认自己是幸运的。

这场"大动乱"和大变革，使社会由平面变成立体，由单一变成纷纭，在龟裂的表层中透出底色。底色往往是本色。江河湖海只有在波掀浪涌时才显出潜在的一切。凡经历这巨变又大彻大悟的人，必定能得到无比珍贵的精神财富。因为教训的价值并不低于成功的经验。我从这中间，学到了太平盛世一百年也未必能学到的东西。所以当我们拿起笔来，无须自作多情，装腔作势，为赋新诗强说愁。内心充实而饱满，要的只是简洁又准确的语言。我们似乎只消把耳闻目见如实说出，就比最富有想象力的古代作家虚构出来的还要动人心魄。而首先，我获得的是庄严的社会责任感，并发现我所能用以尽责的是纸和笔。我把这责任注入笔管和胶囊里，笔的分量就重了；如果我再把这笔管里的一切倾泻在纸上——那就是我希望的、我追求的、我心中的文学。

生活一刻不停地变化。文学追踪着它。

思想与生活，犹如托尔斯泰所说的从山坡上疾驰而下的马车，说不清是马拉着车，还是车推着马。作家需要伸出所有探索的触角和感受的触须，永远探入生活深处，与同时代的人一同苦苦思求通往理想中幸福的明天之路。如果不这样做，高尚的文学就不复存在了。

文学是一种使命，也是一种又苦又甜的终身劳役。无怪乎常有人骂我傻瓜。不错，是傻瓜！这世上多半的事情，就是各种各样的傻子和呆子来做的。

二

文学的追求，是作家对于人生的追求。

寥廓的人生有如茫茫的大漠，没有道路，更无向导，只在心里装着一个美好、遥远却看不见的目标。怎么走？不知道。在这漫长又艰辛的跋涉中，有时会由于不辨方位而困惑；有时会由于孤单而犹豫不前；有时自信心填满胸膛，气壮如牛；有时用拳头狠凿自己空空的脑袋。无论兴奋、自足、骄傲，还是灰心、自卑、后悔，一概都曾占据心头。情绪仿佛气候，时暖时寒；心境好像天空，时明时暗。这是信念与意志中薄弱的部分搏斗。人生的每一步都是在克服外界困难的同时，又在克服自我的障碍，才能向前跨出去。社会的前途大家共同奋斗，个人的道路还得自己一点点开拓。一边开拓，一边行走，至死也不知道自己走了多远。真正的人都是用自己的事业来追求人生价值的。作家还要直接去探索这价值的含义。

文学的追求，也是作家对于艺术的追求。

在艺术的荒原上，同样要经历找寻路途的辛苦。所有前人走过的道路，都是身后之路。只有在玩玩乐乐的旅游胜地，才有早已准备停当的轻车熟路。严肃的作家要给自己的生活发现，创造适用的表达方式。严格地说，每一种方式，只适合它特定的表达内容；另一种内容，还需要再去探索另一种新的方式。

文学不允许雷同，无论与别人，还是与自己。作家连一句用过的精彩的格言都不能再在笔下重现，否则就有抄袭自己之嫌。

然而，超过别人不易，超过自己更难。一个作家凭仗个人独特的生活经历、感受、发现以及美学见解，可以超过别人，这超过实际上也是一种区别。但他一旦亮出自己的面貌，若要再来区别自己，换上一副嘴脸，就难上加难。因此，大多数作家的成名作，便是他创作的峰巅，如果要超越这峰巅，就像使自己站在自己肩膀上一样。有人设法变幻艺术形式，有人忙于充填生活内容。但是单靠艺术翻新，最后只能使作品变成轻飘飘又炫目的躯壳；急于从生活中捧取产儿，又非今夕明朝就能获得。艺术是个斜坡，中间站不住，不是爬上去就是滑下来。每个作家都要经历创作的苦闷期。有的从苦闷中走出来，有的在苦闷中垮下去。任何事物都有局限，局限之外是极限，人力只能达到极限。反正迟早有一天，我必定会黔驴技穷，蚕老烛尽，只好自己模仿自己，读者就会对我大叫一声："老冯，你到此为止啦！"就像俄罗斯那句谚语：老狗玩不了新花样！文坛的更迭就像大自然的淘汰一样无情，于是我整个身躯便划出一条不大美妙的抛物线，给文坛抛出来。这并没关系，只要我曾在那里边留下一点点什么，就知足了。

活着，却没白白地活着，这便是人生最大的幸福和安慰。同时，如果我以一生的努力都未给文学添上什么新东西，那将是我毕生最大的憾事！

我会说我：一个笨蛋！

三

一个作家应当具备哪些素质？

想象力、发现力、感受力、洞察力、捕捉力、判断力，活跃的形象思维和严谨的逻辑思维；尽可能庞杂的生活知识和尽可能全面的艺术素养；要巧，要拙，要灵，要韧，要对大千世界充满好奇心，要对千形万态事物所独具的细节异常敏感，要对形形色色人的音容笑貌、举止动念，抓得又牢又准；还要对这一切，最磅礴和最细微的，有形和无形的，运动和静止的，清晰繁杂和朦胧一团的，都能准确地表达出来。笔头有如湘绣艺人的针尖，布局有如拿破仑摆阵；手中仿佛真有魔法，把所有无生命的东西勾勒得活灵活现。还要感觉灵敏、情感饱满、境界丰富。作家内心是个小舞台，社会舞台的小模型，生活的一切经过艺术的浓缩，都在这里重演，而且它还要不断变幻人物、场景、气氛和情趣。作家的能力最高表现为，在这之上，创造出崭新的、富有典型意义和审美价值的人物。

我具备其中多少素质？缺多少不知道，知道也没用。先天匮乏，后天无补。然而在文学艺术中，短处可以变化为长处，缺陷是造成某种风格的必备条件。左手书家的字，患眼疾画家的画，哑嗓子的歌手所唱的沙哑而迷人的歌，就像残月如弓的美色不能为满月所替代。不少缺乏鸿篇巨制结构能力的作家，成了机巧精致的短篇大师。没有一个条件齐全的作家，却有各具优长的艺术。作家还要有种能耐，即认识自己，扬长避短，发挥优势，使自己的气质成为艺术的特色，在成就了艺术的同时，也成就了自己。

认识自己并不比认识世界容易。作家可以把世人看得一清二楚，对自己往往糊糊涂涂，并不清醒。我写了各种各样的作品，至今不知哪一种属于我自己的。有的偏于哲理，有的侧重抒情，有的伤感，有的戏谑，我竟觉得都是自己——伤感才是我的气质？快乐才是我的化身？我是深思还是即兴的？我怎么忽而古代忽而现代？忽而异国情调忽而乡土风味？我好比瞎子摸象，这一下摸到坚实粗壮的腿，另一下摸到又大又软的耳朵，再一下摸到无比锋利的牙。哪个都像我，哪个又都不是。有人问我风格，我笑着说，这不是我关心的事。我全力要做的，是把自己的一切奉献给读者。风格不仅仅是作品的外貌，它是复杂又和谐的一个整体。它像一个人，清清楚楚、实实在在地存在，又难以明明白白说出来。作家在作品中除去描写的许许多多生命，还有一个生命，就是作家自己。风格是作家的气质，是活脱脱的生命的气息，是可以感觉到的一个独个的灵魂及其特有的美。

于是，作家就把他的生命化为一本本书。到了他生命完结那天，他所写的这些跳动着心、流动着情感、燃烧着爱情和散发着他独特气质的书，仍像作家本人一样留在世上。如果作家留下的不是自己，不是他真切感受到的生活，不是创造而是仿造，那自然要为后世甚至现世所废弃了。

作家要肯把自己交给读者。写的就是想的，不怕自己的将来可能反对自己的现在。拿起笔来的心情有如虔诚的圣徒，圣洁又坦率。思想的法则是纯正，内容的法则是真实，艺术的法则是美。不以文章完善自己，宁愿否定和推翻自己而完善艺术。作家批判世界需要勇气，批判自己需要更大的勇气。读者希望在作品中看到真实却不一定完美的人物，也愿意看到真切却可能是自相矛盾的作家。在舍弃自己的一切之后，文学便油然诞生。就像太阳燃烧自己时才放出光明。

如果作家把自己化为作品，作品上的署名，便像身上的肚脐儿那样，可有可无，完全没用，只不过在习惯中，没有这姓名不算一个齐全的整体罢了——这是句笑话。我是说，作家不需要在文学之外再享有什么了。这便是我心中的文学！

我为什么写作

其实我能干许多种事，干得都不错。干这些事时我都轻松快活，如果我挑一样干，保管能成行家里手。所以我说，我写作并非自愿，而是出于无奈。我还想说，写作是人生最苦的事之一。

在我没动过稿纸和钢笔时，我专业从事绘画。可是不久"文化大革命"覆盖了整个中国。那时全国人在受难，我也受难。时时感到别人的泪别人的血滴在我心上。有时我的心承受不了，就挥笔画画，拿如梦的山、如烟的树、如歌的溪水抚慰自己。渐渐我觉得自己熟悉的这种画画的方式非常无力和非常有限。现在明白了，当时我所需要的是清醒，并不是迷醉。心里消化不了的东西必须释放出来才得以安宁。有一次我悄悄写一个故事，写一个出身不好的青年在政治高压下被迫与自己的母亲断绝关系，因而酿成悲剧而深深忏悔。这是我一个朋友的亲身经历。我由于去安慰他而直接感受到他的矛盾、悔恨与良心难安之痛。尤其我也是个"狗崽子"，处境和他一样，同病相怜，我写他其实也是写自己。这小说的原稿我早已烧掉，因为这种文字会给我带来牢狱之灾乃至家破人亡，但我头一次尝到写作时全部身心颤动、抖动、冲动时的快感，感受到写作是一种自我震撼，发现只有写作的方式才最适合自己的内心要求。我想，这大概就是我写作生涯的开始。写作不开端于一部什么处女作，什么成功，甚至什么"一鸣惊人"，而开端于自己被幽闭、被困扰、被抑制的内心的出路。有如钻出笼的鸟儿的无限畅快，有如奔泻的江口的无比酣放。

这便是我写作的一个缘起。十年里，我的写作完全是在绝密的空间里，一边写，一边把写好的东西埋藏起来；有时不放心自己，还要找出来重新再藏。愈是自己埋藏的地方，愈觉得容易被人发现。我写作是绝不想当作家的，因为那时作家们都在过着囚徒的生活；也更不可能有赚一点稿费的念头，如果将这些东西公布出去，就相当于自杀。可是就这样，我却感受到了写作的真谛和它无比神圣的意义。

写作来自沉重的心，写作是心的出路。

现在，有时我也会问自己，什么时候搁笔不再写了？

　　我想，除非我的心平静了。它只要还有一点点不安，就非写不可。

　　我前边说，我什么都能干。其实不对，其实我很笨，因为我找不到其他方式更能倾尽我的心。

刺激我写作的力量

    一九七九年十一月文代会开过，我扛着热烘烘的一团梦想返回天津，准备大干一场。此时这种感觉我已经充分又饱满地写在《凌汛》中了。心中想写和要写的东西很像如今春运时车站里的人群——紧紧地挤成一团。我完全不知道自己身体内潜藏着一种危险，很可怕的危险。记得当时我对人文社的一位责编说，我有一种要爆发的感觉，我信心满满，扬扬自得，好像我要创造一个文学奇迹。记得当时我还不知轻重地写过一篇随笔《闯出一个新天地》，完全不知道自己的身体已经承受不住了，要出大问题了。我给自己的压力太大了！

    一九七九年整整一年，我都陷在一种冲动中，片刻不得安宁，不得喘息。半夜冲动起来披衣伏案挥笔是常有的事。这一年我写的东西太多太多。中篇就有三部：《铺花的歧路》《啊！》《斗寒图》，都是从心里掏出的"伤痕文学"。还有许多短篇和散文随笔。散文《挑山工》也是在这期间写的。往往在一部作品写作的高潮中，会突然冒出一个更强烈的故事和人物，恨不得把正在写的东西放下，先写这个更新更有冲击力的小说。我有点儿控制不住自己了。我感觉自己整天是在跳动着。我那时烟抽得很凶。因为有了稿费，可以换一些好牌子的烟来抽，把"战斗"换成"恒大"。我不知烟抽得愈来愈多，是因为好烟抽得过瘾，还是烟有助于思维？烟使我更兴奋、更有灵感，还是更理性、更清晰？于是我小小的书桌上天天堆满大量的手稿、信件和堆满烟蒂的小碟小碗。有时来不及把烟蒂放进小碗，就带着火按灭在书桌的侧面。烟头落了一地。这是一种带点儿野蛮意味的疯狂写作。

刺激我写作的另一种力量来自读者的来信。

那时一部作品发表激起的反响，对于今天的作家而言是不可思议的。来自天南海北的信件真如雪片一般扑面而来。在没有电话的时代，读者迫不及待想要与你说话时只有靠写信。那个时代的读者可不是盲目的粉丝，他们都是由于被你的作品深深打动了，心里有话渴望对你说、要与你共同思考的陌生人。每天的读者来信塞满了我的信箱，我不得不动手用木板自制一个更大的信箱，挂在院中的墙上。每当打开信箱时，里边的信会像灌满的水一泻而出，弄不好掉了一地。这使我每天开信箱时要用一个敞口的提篮接着。

那是一个纯粹的时代，所有的信件都是纯粹的。真实的情感与真切的思考。这些来自全国各地的信使用各式各样的信封：有的人很穷，信封是用纸自己糊的；有的读者不知道我的地址，信封上只写"天津作家冯骥才"，甚至"天津市《×××》（我的某篇小说的篇名）作者冯骥才"。这使我想起契诃夫的小说《万卡》：九岁的万卡第一次给他乡下的爷爷写信时，不知道自己家的地址，在信封上只写了"乡下的爷爷收"。还好，由于我的信太多，邮局里的人熟悉我，只要上边有我的名字，我都能收到。

这些信有的来自遥远的村镇，再远的来自边疆，大多地名我从来没听说过。信里边的内容全是掏心窝的话，全是被我感动、反过来又深深感动我的话。他们向你倾诉衷肠、倒苦水，把心中种种无法摆脱的困扰告诉你，把你当作真正可以信赖的朋友，甚至不怕把自己的隐私乃至悔恨告诉你；还有的人把厚厚一沓请求平反的材料认认真真寄给你，他们把你当作"青天大老爷"。碰到这种信我真不知道该怎么办才好。

这样，我才知道当时大地上有那么广阔无边的苦难与冤屈。那部《铺花的歧路》招致那么多老红卫兵写信给我，叫我知道时代强加给他们的苦恼有多么深刻。尤其一种来信我的印象至今不灭，这种信打开时会发出轻轻的"沙沙"声。原来这些读者写信时，一边写一边流着泪，泪滴在纸上，模糊了字迹。我原先不知道眼泪也有一点点黏性。当把信写好折起来，放在信封里，邮寄过程中一挤压，信纸会轻微地粘在一起，打开信时便发出"沙沙"声。这极轻微的声音却强烈地打动我的心。我从来没想过自己的写作，竟与这么广泛的未曾谋面的人心灵相通。文学的意义就这样叫我感悟到了。

一九七九年我写过一篇文章《作家的社会职责》。我说我们的社会职责是"回答时代向我们重新提出的问题"，我们的写作"是在惨痛的历史教训中开始的，姗姗而来的新生活还有许多理想乃至幻想的成分"。在这样的时代，"作家必须探索真理，勇于回答迫切的社会问题，代言于人民。"我在这篇文章中专有一节是"作家应是人民的代言人"。这是"文化大革命"刚刚过去的那一代作家最具社会担当与思想勇气的一句话。

这样一来，我不但自觉地把自己钉在"时代责任"的十字架上，也把身上的压力自我"坐实"。我常说"我们是责任的一代",就是缘自这个时代。它是特殊时期打在我们一代骨头上的烙印,一辈子抹不去。不管背负它有多沉重,不管平时看得见或看不见,到了关键时刻它就会自动"发作",直到近二十年我自愿承担文化遗产保护——这是后话了。

写作的自由

在谈论这个关乎文学生命的题目之前，按照小说家的习惯，我先讲一个故事。故事的主角绝非虚构，而是我自己。

在写作之前，我从事绘画。那时我读过大量的书，但从未想过进入文学。我对自己的一生安排是用色彩呈现心灵。但是改变一个人的人生愿望的只能是命运。

一九六六年，灾难性的"文化大革命"降临中国。我的一切——从现实到理想全部被摧毁。千千万万人的命运发生恶性的骤变。我不能再画画，因为那时任何个性的艺术活动，都会成为飞来横祸的根由。我的故事，包括我要谈论的题目就是从这里开始的——

这年深冬的一天，一个大风大雪之夜，有人敲我的门。原来是位老友。他在市郊一所中学担任语文教师。"文化大革命"开始后，他在牛棚里被关了半年，昨天才放出来。他的脑袋像干瘪下来的果子，完全变了模样。在这半年里整他的人全是他的学生，天天逼他交代"反动思想"，拷打用刑自不必说，最残酷的一招是监视他的梦话。由于那几个整他最厉害的学生偏偏都是平日与他最贴近的，所以知道他有说梦话的习惯。他们每天夜里轮流值班守在他的床旁，等他睡着后将梦话记录下来，白天再追问这些不知所云的梦话的"反动动机"，搞得他不敢睡觉，最后患上严重的神经衰弱，身体彻底地垮掉。那天他把我家里的烟全都抽光，神情痛苦至极。忽然他瞪红的眼穿透浓浓的烟雾直视着我说：

"你说，将来的人会不会知道咱们这种生活，这种处境？如果总这样下去不变，等咱们都死了，还不是靠着后来的作家瞎编？你说，现在有没有人把这些事写下来？当然这么干太危险，万一被发现就要掉脑袋，可是这对于将来的人总有意义……"

就这样，我拿起笔开始了我的写作。

我要做的首先是把现实、周围的人的故事如实地记下来。当然我必须绝对保密，我的妻子也只略知一二而已。我把这些会使我家破人亡的文字写在一些很小的碎纸块上，然后藏起来，比如砖底、墙缝、烟囱孔、衣柜的夹板等自认为隐蔽的地方。或者一张张用糨糊粘起来，外边贴上毛主席的语录或"文化大革命"宣传画挂在墙上。但藏东西的人反而会觉得自己这些地方最不可靠。于是，在这些年里，我一边写一边把藏起来的纸块找出来再藏。有一天，我参加一个公判大会。被枪毙的人中间有一个就是因为秘密地写了一部攻击"文化大革命"的小说。那一次，我真的怕了，回家后将那些埋藏在各处的纸块尽可能地找出来，撕成碎末，在厕所里冲掉。只将极少最重要的用油纸包好，塞进自行车的车管里。此后我开始又担心我的车丢掉。

这样过了十年！一九七六年中国北方的唐山大地震波及我的城市，我的房子塌了。在清理废墟时，我竟发现不少那次没有处理干净的纸块，正当我害怕别人也会发现这种可怕的纸块的时候，"文化大革命"结束了。

你们一定认为我会说，我从此写作自由了。我要说的恰恰不是这个。我要从这里谈谈我对写作的自由的看法。

我的经历有点奇特。因为我是在写作自由等于零的时候开始写作的，我不但没有读者，反而像犯罪那样怕被人看到。我写了至少一百万字，非但没有一个字发表过，反而要把我写的人物换上外国人的名字，上边还故意署上外国作家的名字，如亨利希·曼、纪德、安德烈叶夫，等等，以便一旦被人发现就解释为外国文学的手抄本——当然这想法既幼稚又悲哀。可是回忆那种写作，我却真正地享受着写作的自由。我不被任何势力所强制，不服从任何人的意志，也没有丝毫商业目的。尽管我身在绝对的思想专制的时代，我的环境充满令人心惊胆战的恐怖感，但一旦拿起笔来，我的精神立即神奇般进入了绝对自由的境界。我百分之百地发挥自己的情感与思想。我还感到了一种庄严的历史使命与责任，写作的心态无比虔诚和圣洁，以致常常忘了外部环境的残酷。

我由此感受到，写作是一种灵魂的自由，是人类一种伟大的精神行为。自由注定是写作的本质。自由对于写作是与生俱来的。我们选择了写作，实际上就是选择了自由——自由的思想与自由的表达。然而自由不是空泛又美丽的奢谈。只有面对着束缚与禁锢，自由才是有血有肉、有声有色，才显示出它高贵的价值与神圣的必要。所以自由的光芒总是散发在它被争取的过程中。再进一步说，写作的自由有两层含义：一是外部的环境的自由；二是内心的自由。作为写作本质的自由首先应该在写作者的心里。

那就是，在任何条件下都为自由而写作，放弃这种意义的写作，就是制造文字的垃圾。

然而，自由的对手不一定像强敌一样总站在对面。

比如对于当前的中国文学来说，外来的强迫性的文化专制已不复存在。但市场的霸权同样可以泯灭精神的自由。专制是写作面前的一堵墙，市场却在我们四周布满诱惑的歧途。因为，市场要把你的每个字物化，还要随意在你心灵中寻找卖点。一句话，它无时无刻不在招徕你、改变你、改造你，使你逐渐变成可供消费的商业形象。

可怕的是我们的文字必须进入市场。写作的自由受到极大的威胁与困扰，而且在消费社会里这威胁又是不可改变的、永远存在的。我们是不是已经感到，只有放弃这种写作的自由才是最容易的？人类正在走向一种困境：它所创造的一切方式，都带着难以拒绝的负面。于是，自由与否的关键，更加不取决于外部环境和外部条件，而取决于我们自己。

从广义上说，外部环境从来不会是充分自由的，充分的自由只能保持在我们的写作中。

因此，我想说——在今天——如果我们能够享受到自由的写作，那一定也是在捍卫着写作的自由。

让心灵先自由

在中国作家协会第四次会员代表大会上，创作自由被十分强调地提出来了，那么通向自由的文学还有没有障碍？

不知为什么，提起这个问题，我一下子想起了"文化大革命"中我躲在家里，用零碎纸头写下我耳闻目见的情景。那时我不是作家，也不想当作家。因为，那时没有创作自由，只有创作犯罪。我在大街上见过"打倒作家"的标语。我这些说真实话的文字，一旦"败露"，其后果不难设想。使我敢于这样冒险的，大概是种责任感。我想，如果不把这所见所闻、所思所感如实记录下来，后人怎么会知道我们这一代人的生活、思想和心理？谁会理解我们？以成百上千万人的痛苦换来的素材，我不写谁写？记得"文化大革命"时我写过四句诗：

千古从不似今天，

碧雨滔滔剑光寒。

达人志士成群死，

剩有男儿冷目看。

然而，我写这些，不需要发表，不需要为了一句话是否恰当，和编辑争一步或让一步，更不需要看风头。我是自由的：流着泪写，微笑着写，紧张地写，做梦般地写。所有文字都是从内心跳到稿纸的方格里。纸上的故事就是心中的故事。心里的一切都是从现实中真切地感受来的；想象依从向往而不服从任何非文学的需要；情感没有任何人为的成分。在那所有生活都塞满强加的内容的时候，偏偏我的写作里没有任何强加的东西。尽管在生活中无自由可言，尽管这种无读者的写作，是文学真正的悲哀，我却只有在这种秘密的写作过程中，心灵才尝到自由……

但是，当我的作品可以发表时，反而不那么自由自在了。一些直言和真言，难免要反复掂量，少不得削尖、砍平和磨光。每每刊物向我点明要"头条"稿子时，就等于告诉我应该写一种什么样的小说。这倒没什么，关键在我自己——我自觉或不自觉地受风头影响，来安排自己先写什么，暂时不写什么。在写作角度上，常常会考虑怎样才能绕开风险和麻烦……

有时还要在小说屁股上插一条光明的尾巴，并着力使这尾巴插得自然些。思维在这些地方可悲地消耗着，但我居然有时为自己搞得挺巧妙和挺聪明而得意起来。生活的真实、文学的真谛、艺术的追求，这些根本的东西不知不觉地发生了质的变化，思想屈从于某种僵化的模式，我的心还是自由的吗？

当代文学史有一条深刻的教训：几十年来，我们的文学有过几次天赐良机。社会生活历史性的转变，使作家凭着自己独特的感受、思索和经历，可以写出更多更好的作品、大作品，乃至史诗性作品。但在指定的有限的场子里，非但没有打出漂亮的拳脚，反倒把这些珍贵的创作素材糟蹋了，这是文学最大的浪费！从两万五千里长征直到十四年抗战，再到十年"文化大革命"，我们缺乏生活还是缺乏艺术才能？为什么拿不出与伟大时代相称的作品来？为什么粉碎"四人帮"后那些突破性作品，很少是"十年动乱"中饱受苦难又有创作经验的作家写出来的，而大都出于新作家之手？为什么可以写，反而写不出来了？这不正是由于内心存在着某种障碍吗？

长期以来，某些违反艺术规律的、荒谬的创作观念，一直制约着我们。我们的聪明都用在上边了，几乎造成一整套严严实实的创作机器。每个程序都是标准化的，生产的产品也是标准化的。我们已经习惯性地一想到文学，就开动这架机器。从生活到艺术，从思维到表现，每个生产程序，似乎都有硬性规定。生活需要寻找，人物需要硬造，感情需要调动，艺术需要规范。我们只有机器中的故事，没有心中的故事。甚至心也变成了这架机器。于是，我们只知道这样的文学，别的样子一出来就像遇到了不明飞行物。

当然，我们现在不再提倡或规定这样做了，但我们还会不知不觉地这样去做。因为这种创作观念是与长期以来"左"的思潮相配套的。我们多年来在"左"的空气里呼吸，身上难免有"左"的细胞，风声稍动，未辨真情，就习惯性地"左转弯"。这种"左"的观念不仅束缚笔杆，更可怕的是束缚我们的心灵，到某种气候下还会生出"左"的冲动，犯起"左"劲儿来！这样，即便给我们自由，我们也未必会使用它。没有自由的心，便没有自由的作品；没有自由的作品，怎样体现我们所获得的极其珍贵、宽阔又美好的自由？

尽管排除内心的障碍，比排除外界的障碍困难得多，往往需要更大的勇气，但这是我们非做不可的。它是前进的时代、生活和文学交给我们这一代作家的特殊使命。为了真正获得创作自由，先让心灵自由起来！

作家要干预人的灵魂

　　作家是凡人。他生活在世界上，喜怒哀乐、七情六欲，都不能免除。遇喜庆则欢欣，见不平则愤恼，逢悲苦则涕下。不过由于作家手中有支笔，可以将心中忧喜倾洒在纸上罢了。然而作家写作是给别人看的。文章不是供人消闲散闷的文字游戏，作家要拿它作为对美的颂歌、对丑的檄书，顽强地表达出自己对生活的理解、见地、发现、好恶。古往今来的文学无不如此，这大概就是文学"干预生活"了。

　　既然文学从来都是对生活进行干预的，为什么还有人提出"干预生活"的口号呢？

　　凡作家大呼要"干预生活"时，大都由于在这之前，作家还不能干预生活之故。

　　作家不干预生活，犹如政治家不能对现实发表政见；医生不能接触病体，施药除疾；农人不能走进麦田，锄草扶秧。人不能尽职尽责，自然不快，无怪乎前几年文学挣脱极"左"禁锢之时，"干预生活"的口号不胫而走，"干预生活"的作品大量出现。

其实，干预生活是严肃的现实主义作家起码的文学要求。但是从文学的功能和特征上看，文学仅仅停留在干预生活上，则又显得远远不够，至少难以取得很高的成就。

如果一个作家一心想干预生活，则必然只将注意力盯住生活中各种矛盾、是非上。往往被这些具体的问题所纠缠，而愈是眼前的、显眼的、亟待解决的问题，就愈容易引起作家的关切。作家要对它进行干预，最便当、最得力、最痛快的方式，便是作家在作品中出头露面，直接发表意见。特别是当这些意见、见解、议论具有某种尖锐性时，会立即收到强烈的反应。这反应，往往被某些人当作文学作品的反响；有的作家则满足于这种"轰动"和"爆炸"式的效果。但很少有人研究，为什么某些有反响的作品却很快在读者中失去可供反复阅读的魅力？

我想，原因即在于，我们的许多社会问题，带有民族、历史、政治乃至政策的特殊性。这些特殊问题，由于与人们暂时的利益密切相关而为人们异常关心。但是，它又带有很强的时间性和局限性。作品的反响常常是政治原因，而不是文学本身的缘故。因此，时过境迁，作品就如时令花草，过了鼎盛季节，很快就委顿下来。

此外，如果作家只想着对生活发表尖锐议论，拿它作为一部作品的支柱，这些游离于人物之外、即令是入木三分的议论，一旦对变化着的生活失去现实作用，议论的锋尖也就暗淡下来，失去光芒。作品便只剩下一些苍白空洞、缺乏血肉和实感的人物。这恐怕就是评论家们所说"思想大于形象"症结之所在了。

因此，作家的工作不能只停留在"干预生活"上。

文学作品成败与否，关键看人物是否写得成功。人物塑造的成败，不只是写好人物的性格和音容笑貌，关键看作家对人物心灵（或称内心世界，或称灵魂）是否挖掘得深。

人的心灵不是单纯抽象和不可捉摸的。它是一个人思想、品德、素养、气质、个性的高度集中。它也是一面镜子，生活出现的一切都在这镜面上反映出来。连时代特征也在上面留下影像。过去文学作品塑造成功的人物，如贾宝玉、阿Q、葛朗台、安娜·卡列尼娜、保尔、牛虻等，不单有血有肉，重要的是有灵魂。没有灵魂的人物，在作品中就是空洞的行尸走肉，或者是会说会笑的木偶；作家的功力，主要看对人物灵魂的认识、发现、触及得如何。不触及灵魂，只表现人物的外在"性格"，这"性格"也不过是为了区别小说中人物而贴上去的简单标记而已。

触及人物的灵魂，就要正视人物灵魂的复杂性。灵魂中真、善、美、假、恶、丑都要触及。干净的和肮脏的都要剖露出来。作家的笔就要像医生手里的解剖刀，犀利而准确。同时作家要有本领发现别人不曾发现的东西，概括出人生哲理，折射出生活现实。比如：高布赛克（《高利贷者》）对金钱惊人的狂爱；尤利亚（《大卫·科波菲尔》）的包藏在谦卑之中的可怕的野心；卡列宁（《安娜·卡列尼娜》）在宽恕和容忍之下施展着真正的残酷……这些例子举不胜举，而作家笔下这些人物的灵魂又不是如此三言两语所能概括的。而只有作家深刻触及人物的灵魂，从中找具有独特价值的东西，文学作品才能以真正新鲜的内容对读者最有效地发生影响和教益，而且这种影响和教益是长远的，作品的魅力也是长远的。

人类的精神财富是不会过时的。只求作品的一时反响，便是文学上的功利主义。

有人可能会问：这样做，作家是否会脱离、远离、回避、不关心现实生活的矛盾？

不会。只要作品的人物生活在现实中，人物的灵魂便离不开现实，因为作家要展开一系列现实矛盾来刻画人物的灵魂。任何活在世界上的人，灵魂都不会超越时代。高布赛克的灵魂里有多么浓烈的社会色彩；罗亭心灵的弱点就是十九世纪四十年代俄国贵族先进知识分子的弱点；牛虻丰富复杂的内心矛盾反映着当时意大利民主革命的激进和局限。如果说今天的读者还能从这些人物的灵魂中，发现自己类似的缺陷，看到自己的某些影子，或多或少吸取到精神力量，那正是作品成功和经久不衰的奥秘之所在。文学作品不是号召书，它要深入并长久地作用在人们的心灵中。

文学的功能之一，不是为了净化人们的灵魂吗？那么文学就不靠议论，哪怕是精辟的议论，而是靠人物，真实可信、透入灵魂的人物。这恐怕也是文学中最难做到的了。

在干预生活上，任何政治家和政论家的能力都会超过作家，一项新政策能够立即生效地改变生活，这一点作家永远不可能做到。只有在干预人的灵魂上，作家才显出别人不能替代的才能与职能。

　　因此我以为，从干预生活走向干预人的灵魂，才是文学真正走进自己的天地。

文学的生命

——《冯骥才·中国当代作家选集丛书》序

　　一个作家选择以结集或选集的方式重印自己的作品，无非是想使它保留得长久。这是种再生的方式，但再生不一定长命。如果作品发表时受到冷遇，这一次依然没有唤起注视，反而落得真正的淘汰。于是我想到作品的生命力问题。这对于任何作家，都像对待本人生命那样，不能避免也不能超脱。

　　作品问世后，社会的反应真是不可预料。我忽然想起在科罗拉多大峡谷往那深不可测的谷底丢石块的情景——有时挺大一块石头扔下去，期待着悦耳的回响，往往却听不到半点动静，仿佛扔进弥漫在深谷的浓雾里；有时小小一块石片丢下去，不知碰到或惹到什么，"砰砰哐哐"，连锁地引发，愈来愈大，终于扩展为一派激越的轰鸣。读者的世界要比大峡谷

浩繁深广，而且它看不见，它变幻无穷，它充满激情又冷酷
无情。

你有时确实抓住了他们的心。你一呼喊，就得到一片震耳
欲聋的应答。你自以为赢得了文学的一切，过后……却不知不
觉、无缘无故地被淡漠了。那些曾经无数直对你的烁烁发亮的
眼睛，掉转过去，化成千篇一律碑石般冷冰冰的后背。你的书
像被封禁了，没人再肯打开它瞧上一眼。然而，有时你只不过
从内心深处生发出一种不吐不快的渴望，借助颤抖的笔尖诉说
出来，一时并没有雪片般飞来的灼热的信，可是日久天长，不
知从什么地方，或近在身旁或远在天边，一个陌生的人忽然把
他深深的感动写给你，他把你当作这世上唯一可以倾吐衷肠的
朋友。哦，你的书还活着！

也许向你倾诉衷肠的只是这一个、两个，到此为止。也
许就这样断断续续延绵下去，你作品的生命也就如此不可知地
蔓延。更多被感动的读者未必为你所知，在这茫茫的读者世界
里，你知道你作品的生命是在何时何地结束的吗？

一部当时没引起注意的作品，过后大多不会再惹起炽烈的
兴趣；一部轰动一时的作品，过后可能只作为某种文学现象留
在文学史上。今天的少男少女不会再为《少年维特之烦恼》而

殉情，也不会唱答"窈窕淑女，君子好逑"来表达爱恋。历史上有几部文学作品能像秦始皇墓前的兵马俑那样两千年后才闪耀光华？有人说，愈有社会性的作品生命愈短暂，因为读者总是关心自己所处时代的社会现实。但倘若文学没有社会性，也就失去当代读者。不必为此苦恼吧！对于文学，无论喧闹一时还是长久经响，都是富于生命的。生命就是包括正在活着的、依然活着的和曾经活着的。

生命是一种真实。只要真实，不被发现、不被注目、不被宠爱，都不必自怨自悔和自暴自弃。只要真实地爱了、恨了、写了、追求了，就是人生和艺术最大的收获。我不相信有所谓永恒的文学，这可能是对那些投机、劣质、肤浅和虚伪作品的一种警告，或是对执着地忠实文学的人一种"伟大的鼓励"。长命的作品也有限度，迟早会被衍变不已的人类所淡忘，成为一种史迹。作品的寂寞，是包括在文学这个巨大的寂寞事业之中的。

本书①收集的中短篇小说与散文，都是我在所谓"新时期十年"中的作品。有的发表后成了热门货，有的至今被冷淡

---

① 指《冯骥才·中国当代作家选集丛书》。

着。哪种更好？我说不好，只敢说它们全是我内心深刻的冲动时真切的记录。

　　写到这里，才知道自己写了一篇非常规的序言，赶紧停笔，以免一误再误。

小说愈来愈有可写的了

面对着一九八五年，我的心情好极了。我感觉一九八五年比一九八四年大得多。时间似乎长，空间也大，想做和必须做的事像潮头一个劲往上涌。

作家对生活总是多一些敏感和预感。然而现在，往往现实比想象的要丰富、要快、要更勇敢一些。当生活充满希望和变革时，我们不愁缺少创作激情。将会有怎样的闪光的新生活的画面和场景，有怎样的新人物出现在我们笔下？想到这里，我们的笔尖不兴奋得发颤吗？

我还注意到，近一年多来，文学以更坚实的步伐前进。较早一些的时候，在上海一个会上，我听到一位作家说，他认为，小说愈来愈难写了。这句话引我深思，我想，正是这两年不断出现有才华的作家和富有创造性的优秀作品，把小说的高标准提得更高。纪录愈来愈难破了。不甘心文学现状和现有成就的作家，不愿意总去重复自己的作家，一心想超过自己和超过别人的作家，都感到创作变得艰难起来。

当然，这不仅仅是提高质量和水平的事，还有一个小说观念问题。

时代的变化，使人们对已经形成的观念要进行再认识。比如，什么是小说、小说应当是什么样的、小说是干什么的，等等，这些极其简单、似乎不值一谈的问题，其实都应当再从脑袋里重新过一过。许多新的文学现象已经向旧的文学观念发出挑战。不论这些挑战是否将鸡蛋碰石头，但有一条我们应当肯定，即小说的观念是不断发展的，否则时代要拉着你改变，往前走。尤其在我们这个正在开放和改革的时代。

我们的行为受观念的约束和左右，当然我不认为现有观念都一无是处、陈旧过时。但我们要无时无刻不把观念看成活的东西，在它所反映的活生生的生活面前，不能是死东西。因此我们还应当看到，某些僵化的小说观念使我们的文学缺乏色彩与活力，缺乏时代的魅力。我们不都感到文学落后于生活了？这原因仅仅是缺乏生活？难道不缺乏文学——文学性、表现力、语汇？这不是与小说观念必须发展密切相关吗？

不久前在北京，我遇见一位颇有才气的青年作家阿城。看过他的《棋王》就知道，他给人独特的感染力来自他对小说独特的认识。他告诉我："小说愈来愈有可写的了。"这真叫我振奋。我忽然想到陈建功的《找乐》、邓友梅的《烟壶》、王安忆的《69届毕业生》等一批好作品，这无疑是在小说观念上突破的成果。是新的小说观念引出这样新的文学现象和文学境界。即令是用地道的现实主义手法写出的《绿化树》和《惊涛》，也由于对这一体系手法有了较之二十世纪五六十年代大有进展的新认识和新理解，才把这类小说推到一个历史的新水平。

"小说愈来愈难写了。"

这句话是层台阶。说出这句话的作家们大都对自己有了新要求。大都模模糊糊或清清楚楚地触及要发展小说观念这十分重要的问题。

"小说愈来愈有可写的了。"

这是又一层台阶。只有突破原有的小说观，才能进入一个可以更自由发挥的新的文学天地，才能说出这种快乐又充满自信的话。

我们应当高兴！文学从一九七八、一九七九年的伤痕文学大突破之后，几年来直奔向前。它终于发生了观念性变化的新势头。小说观念的变化，不是花样翻新和形式变革，而是使我们的文学更贴近我们的时代。自然，也正是我们对时代有了新认识，才会对文学提出这种严格又急迫的要求。在这种情势下，我预感将有更大发展的文学新潮扑面而来。我们的文学正在受到世界的注意而走向世界。这难道不包括我们文学观念发展的成果？曾经为人类文化贡献甚巨的中国人，他们的后代——当代中国人——只应当并必须比古人更明确自己对人类文化崇高的义务。

是小说让我写

二〇一八年我在人民文学出版社出版了长篇小说《单筒望远镜》。

我会不会被人认为重返文坛了？会不会是我创作的"第二次浪潮"？

我肯定地说，我会重返——重返小说。

我太热爱文学。我心里有东西要写，必须写。不是我要写小说，是小说要我写。

这部小说很早就在心里。

我一直关心的一个问题是中西文化之间的关系。西方人也很重视。比如，萨义德的《东方学》和亨廷顿的《文明的冲突》。

我写过一些文章，也写过相关的小说。在我写过对传统文化进行当代解读的那几部小说《神鞭》《三寸金莲》《阴阳八卦》之后，就想写这部《单筒望远镜》。这是一个文化反思的系列。

这部小说是写在近代中西方最初接触的年代，是一个跨文化的爱情遭遇，一个浪漫的传奇；在殖民时代中西文化偏见的历史背景下，又注定是一个悲剧。

我在天津，历史上它地处中西文化碰撞的前沿。有趣的是那个时代天津城市空间分成两个完全不同的世界：一个老城；一个租界。因使这个城市的历史、城市形态、生活文化，与中国其他任何城市都不同。这使我写这部小说时得天独厚。

小说家最终要用人物说话。小说最终还是要完成一些审美形象。我写了两个女人由不同文化铸造的文化性格。她们截然不同，甚至相反。这两个女人却都与主人公情爱纠结，折磨主人公的心灵。她们是那个时代可爱的又无辜的悲剧主角，是殖民时代的牺牲品。我想用人物的遭遇和命运唤起读者对人性的关切以及对历史的反思。

我同意人文社编辑对我的小说用了"意象型"这个概念。

在小说中我用了好几个意象，比如那棵古槐、孤单的小白楼，等等（租界边缘许多这样的房子，一面窗子对着租界，一面对着老城）。单筒望远镜是最主要的。使用它，只能用一只眼、有选择地看对方。在爱的立场上选择可能是美,从人性的立场上选择则需要沟通,从文化上可能选择好奇,在历史局限性上可能会对准对方的负面。其实,这里的那个时代所有人物都使用这个单筒望远镜。

谈到中西文化的关系,我反对"文明冲突论"。所以我让我的主人公在一些章节表现出交流与沟通的快乐。因为,在东西文化之间,交流才是符合人性的。正因为这样,才需要对文明的悖论进行反思。

这部小说在我心里放了很久。一个作家肚子里不会只是一部小说。写小说的时间不一定要太长,但放的时间一定要长。时间长,人物才能活起来。一旦你觉得他们像你认识的人,就可以写了。二十年来,文化遗产抢救虽然中止了我的文学创作,反过来对于我却是一种无形的积淀与充实。我虚构的人物一直在我心里成长,再有便是对历史的思考、对文化的认知,还有来自生活岁久年长的累积,因此现在写起来很有底气。

我只有一个问题,是我年龄大了。如果老天叫我多做事,就请多给我一些时间。

非虚构写作与非虚构文学

近两年，文学领域内一个词儿热了起来，就是：非虚构。非虚构写作的历史并不算短，当今"非虚构热"与两个因素直接有关：一个是来自艾利斯那本著名的书《开始写吧！非虚构文学创作》；再一个是白俄罗斯女作家阿列克谢耶维奇的《切尔诺贝利的回忆：核灾难口述史》获得诺贝尔文学奖带来的激励。非虚构写作竟然也能得到诺奖评委的接受，这似乎超出人们的意料。

伴随着这个颇有些时髦意味的非虚构热，一个问题出来了。什么是"非虚构"？它是一种"旧瓶装新酒"，还是新的写作方式；一种新的文学体裁或理念，抑或是一种写作教育？现在还没人能解释清楚。这样，非虚构就成了一个大袋子，所有虚构性创作之外的传统写作，都涌了进来。报告文学、纪实文学、散文、传记和自传、口述史、新闻写作、人类学访谈，等等。

对于一个新出现的概念是需要理论来界定的。

比如现在的口述史写作领域也有点乱。最早是出现在史学界的历史学的口述史，后来加入了人类学的口述史、文学口述史。近两年我们又给口述史加进一个新品种——传承人口述史。在做全国的民间文化遗产抢救时我们给自己安排了一个工作，就是为每一项重要的民间文化遗产编制档案。文化遗产——特别是民间文化遗产（"非遗"）向来没有文字性的文献，更没有档案。这些遗产都是无形地保存在传承人的身上和记忆中的。因此说，这种遗产是不确定的、看不见摸不着的、脆弱的，在代代相传的口传心授过程中，一旦中断，立即消失。我们发现，只有用口述的方式记录下来，才能将这种无形的遗产确凿地保留下来，并成为传承的依据。可以说这种针对传承人的口述史是"非遗"保护必不可少的手段。于是这些年，我们做了大量的传承人口述史，并由此渐渐产生了一种"觉悟"，明确地提出了"传承人口述史"的概念，还成立了专门的研究所。可是我们每次举行传承人口述史论坛进行研讨时，邀请来的专家学者们总是各说各的，莫衷一是。做历史学口述史的，只谈历史学口述史；做人类学口述史的，只谈人类学口述史。大家谈的好像是一个问题，其实不是一个问题。应该说，口述史写作是一致的，但理论上并不是一个体系。我们口述史写作的现象很丰富，但理论建设跟不上去，分类和概念都很模糊，研究很难推进。

所以我们今年的研究方向变了，我们先要把自己的理论概念——传承人口述史弄清，用理论把自己梳理清楚。首先要弄清什么是传承人，谁是传承人。就是先对"传承人"这个概念进行释义。只有把口述对象认识清楚，接下去才能真正深入地探索传承人口述史的价值、目的、性质、内容和方法。

说到非虚构也是如此，这个概念既混乱又模糊。但我是作家，没有能力把这么一个崭新、庞杂、五光十色的概念弄清。现在我的脑袋里只想弄明白，非虚构写作是不是非虚构文学？当年哥伦比亚大学一位瑞士籍的博士做我的《一百个人的十年》研究时，与我长谈了两个小时，这使我明白了——他并没有把《一百个人的十年》当作文学。在西方人的书店明显地放着两部分书，一边是虚构，一边是非虚构。与我们不同，我们不那么清楚。因此现在我很想弄清这两者的关系。而且，一个作家不会按照理论去写作，只会为表达生活和感知而去寻找写作方法，剩下的事全听由理论家去解析与评说。

我就从《一百个人的十年》说起。首先，它是非虚构文学。因为它和我的小说全然不同，小说是虚构的，但它不是虚构的。人物、事件、内容、细节，那里边每一句话都是口述对象说的，都是真实的。

我为什么要采用非虚构这种方式写作呢？这与时代有关。开始，我没想到用非虚构，我想用小说写那个时代（"文化大革命"十年）。那一代作家都要把自己经历过的那个刻骨铭心的时代及其反思留在纸上。但那个时代过于庞大，它深刻地影响甚至决定着每一个人的命运。那个时代充满了黑色的传奇。每个命运都是一个问号。你很难驾驭那样的生活，无法用一部小说——哪怕是史诗性的小说来呈现那个时代。像《战争与和平》或《人间喜剧》。我有过类似《人间喜剧》的设想，后来放弃了。

但我没有放弃"文化大革命"，我没有权利放弃它。一部非虚构作品帮助了我，就是一九八四年特克尔的《美国梦寻》。它告诉我可以不用小说，而直接用现实材料去写那个时代。用生活写生活。我获得一次全新的写作经验（通过在报纸上发表"广告"，借助媒体传播信息，与"文化大革命"受难者通信和约见，随后进行口述访谈）。我感受到一种不一样的力量。非虚构写作的力量，我不用去想如何使我的文学想象具有说服力，而非虚构写作恰恰相反——生活的本身就是说服力。

虚构和非虚构是完全不同的两种文学思维。小说是虚构的。你的写作背景是现实的，你的素材来自生活，但你的写作思维却是虚构。所谓虚构，就是用想象去表现或创造生活中没有的。我说过"科学是发现，艺术是创造，科学是发现世界中原本有的，艺术是创造生活中原本没有的"。牛顿发现万有引力定律，居里夫人发现钋和镭，都是大千世界中原本有的；但文学和艺术的形象是世界原本没有的。贾宝玉、安娜·卡列尼娜、冉·阿让是没有的，贝多芬的《欢乐颂》和施特劳斯的《蓝色的多瑙河》的旋律也是没有的。所以，发现万有引力定律是伟大的，文学和音乐也是伟大的。

小说创作的思维是自由的，它完全不受制约，因为它是虚构的。非虚构就不同了，它受制于生活的事实，它不能天马行空般地自由想象，不能对生活进行改变与随意添加，必须遵守"诚实写作"的原则。是不是非虚构的价值低于虚构的价值？当然不是！由于它来自真实的生活，是原原本本生活的事实，所以它是生活、历史和命运毋庸置疑的见证。作家愈恪守它的真实，它就愈有说服力。这是虚构文学无法达到的。

但是，它究竟能否达到优秀的虚构文学的高度？我认为这正是需要凭借文学——文学的力量。我认为在非虚构的写作中，文学的价值首先是思想价值。这个思想价值，当然要来自你对自己选择的题材本身思想内涵认识的深度。比如，阿列克谢耶维奇的《切尔诺贝利的回忆：核灾难口述史》。

你对生活认识的深度决定你对事件与人物开掘的深度。我对《一百个人的十年》这一题材（时代和事件）的认识已写在"总序"中了，这里就不多说了。我要表达的意思是，虚构依靠想象力和创造力，非虚构首先来自对生活的认知、发现与忠实。

文学的思想是靠文学体现。现在我们来研究非虚构的文学性。人是文学的生命与灵魂，如果我们抓不住一些这个时代特有的、个性的、典型的、命运独具的、活灵灵的人物，非虚构写作就谈不上价值与意义。

小说的人物是作家创造的，生活的人物是现实创造的。然而现实对人的"创造"往往比作家的想象更加令人匪夷所思，就看我们是否能够遇到、寻找到、认识到。我在《一百个人的十年》写作中有许多这样的体验。如果我们找到这样的人物，我们便拥有了这种写作最强劲的资源，以及写作的动力与激情。

正为此，在《一百个人的十年》中我想采用一群命运与个性不同，但具有同样时代印记的人物，呈现那段历史。同时通过这些人物挖掘时代后面的东西，比如政治的、历史的、国民性的、人性的等种种问题，交给人们思考。

我把细节作为文学的重要的元素。细节是文学作品"最深刻的支点"，它还能点石成金。小说中的细节可以成就一个形象、一个人物，甚至一部小说，成为最深刻的部分。我的小说常常在找到这样一个细节时才开始写作。比如《高女人和她的矮丈夫》结尾中那把伞。

在非虚构文学中也是如此。比如《炼狱·天堂》中，韩美林用自己挨斗时鞋尖流出的血画鸡的细节。这个细节使我决心为他写一部文学口述史。他的经历超出我们的想象。这个细节表达了我对一个真正的艺术家的理解——真正的艺术家应该始终活在他理想的美里，他是"疯子、傻子与上帝"。这也是我写《感谢生活》的主题。真正的艺术家是令人匪夷所思的。即使他生活在地狱中，灵魂也在天堂里。可是一部作品只有这一个细节是不够的。这里说的，是必须有一种"金子一般的细节"。如果从生活中不能发现一些这样的金子般的细节，我还是无法写作。小说也是如此。一个人物能站起来，要靠足够非常绝妙的细节。但小说的虚构是想出来的，从现实中借用而来的。非虚构必须是生活本来有的，要靠我们自己去挖掘。

再说另一个非虚构文学的文学要素，就是语言。文学是用语言和文字表达的，语言与文字是否精当与生动不仅关乎表现力，还直接体现一种审美。中国文学史诗歌成熟在前，散文在后，诗对文字的讲究影响到散文。在我国的文学史中，散文达到的水准太高。散文的叙述影响我们的行文。非虚构作品无法发挥更多的审美想象，它的文学性往往更依靠语言（叙述语言）的能力与品质。

我认为在非虚构文学中，文字和文本应根据内容进行不同的审美设定。比如在《一百个人的十年》中我采用口述对象的"第一人称"。我只是在每一篇口述的末尾加一句我的话，并使用黑体字标明，用来彰显作品中最深切的思想。但是在《炼狱·天堂》中，我选择我与韩美林对话的方式。其原因，一、对话更有现场感；二、韩美林说话极有个性，他的语言能够直接体现他的个性；三、我是写小说的，用人物的对话来塑造人物是我的强项。新闻访谈往往把对话作为一种问答，文学则用这种问答表现对方的心理，推动内容的进展，塑造人物。

有人问我，可否把《一百个人的十年》改写成小说，当然可以，但那是另当别论了。

由此，我还想说自己对非虚构文学访谈的一种体会：访谈是非虚构写作中一种十分重要的工作的方式。它与一般新闻访谈不同。一般新闻访谈是功利性的，是获取新闻素材的一种手段。文学则是作家与访谈人的心灵交流。不进入这种交流，不可能达到文学所要求的深度。

最后我想说，我上面谈的只是讲了个人在非虚构文学写作中的一些思考，而且主要是文学口述史。现在回到开始所说的话题上——现在，我国的非虚构写作还是一个庞大、庞杂、没有厘清的概念。我只想表述，非虚构文学不等同于非虚构写作。非虚构文学似乎只是非虚构写作的一部分。我今天只强调了非虚构文学的文学性。对于整个非虚构写作，我的想法是：一方面它应是开放的，先不要关门，也不设置许多准入条款；但一方面要用理论梳理、分类，为其概念定义。应该说，非虚构写作的理论是一片未开垦的处女地，我们大有可为。

第二章　小说讲究艺术

创作的体验

这里是一个世界，体验到的何止这些？

我刚刚写完一部小说，却没有如释重负那样松快地大出一口气，也没有像封盖好一幢十层大楼的楼顶时那种大功告成般的喜悦。小说在恰好之处终结了，作品描写的生活像真正生活那样不会完结。里边的人物、人物之间未得了结的纠葛与恩仇，依然和我纠缠不休，使自己无法解脱；我设法使虚构的人物活起来，一旦他们有声有色，又偏偏使我不得半点安宁；我使劲在稿纸上掀起情感，但这情感被掀起之后首先冲击我自己的心……

我想摆脱。随手拍两下桌子，仿佛这样就能压制住涌动的心情；一手又推开窗子，似乎这样就可以把缠绕心头的思绪像烟儿一样放掉。但我没能做到。那些躺在书稿里的人物的命运使我惦念和不安，当这种不安过于沉重时，我便摇摇头，自嘲般笑了笑，说一句："由他去吧！"

"你在说谁？"妻子的声音闯进我这梦幻一般的境界里。

我如梦方醒，喝一大口浓茶，尽力使自己沉静和清醒，一个问题就冒出头儿来：创作，创作是一种什么劳动？它的内部规律是否仅仅用原则、方法、特点、功能这些明确而干巴巴的概念就能说清？它的创造过程是否像生产一只袜子或一架收割机那样只用图纸和文字说明就能了事？文学现象究竟是一种社会现象，还是心理现象？如果仅仅从社会学的角度来研究文学现象，那么由此产生的对文学的要求只能是看上去有理的，并且会把创作者简单划一，当作一呼百应的万能工具，从而在不知不觉之中，贻误了许许多多人才和独特的禀赋，把文学搞成非文学。

当生活需要作家深入地去体验的同时，作家则需要另一些人体验他们创作时异常丰富又互不相同的内心状态。

一

我好像整日站在生活和作品中间，面对着生活，身后是作品。我觉得自己有如一个过滤器，朝朝夕夕不停地把耳濡目染的、千变万化的、丰富庞杂的生活吸收进来，经过一个十分特殊又繁复的过程，化成一部部作品。

这是个奇妙的过程。我自己都弄不清楚，许多同行也难以说清，更难表述得完全。

在这个过滤器里，不是所有的生活都能化成作品，哪怕是最精彩的生活片段、感受至深的人和事，也不见得能变成作品的一部分内容。而往往有些不经意留在记忆上的、久已忘怀的某些细节，在被某种触动引发起来，会成为一部作品至关重要的环节。我在阅读卷帙浩繁的义和团运动史料时，看到一条有关刘十九的性格的记载。据说这位年仅十九岁的著名义和团首领平时胆子极小，总担心有人暗算他，必须由八名武装的团民护其左右；而战时他却一反常态，出生入死，骁勇无比。这个简短的记载引起我极大的兴趣。它并非一个特殊性格的标记，而给了我一个有血有肉的、富有个性的、活生生的一团感觉。然而这孤零零的、过少的记载，难以成为我用想象和虚构把它发挥成一个饱满的、具有艺术生命的人物的史料基础。这团感觉就一直保留在我心中。好像云，飘忽忽，凝不成雨。有时想到这么好的性格细节用不进作品中去，还有点怅然。当然，积存心中的这种待用的储料远不止一个或十几个，简直多得无穷无尽。

每时每刻，作家都会从生命中受到触动，获得感受，取得发现。这发现，大大小小，千千万万。大到对历史的认识，人生的总结，社会的特征，一个城镇的面貌，一代人的希望与症结，等等；小到一个人有独特意味的习惯动作，某只小猫小狗与众不同的习性，不同季节和时辰中一景一物的形象；不同人家中的不同生活方式、起居习惯乃至家具摆设。各种能够区别他人的独特的眼神、嗓音、服装、发式、皮肤的质感和皱纹，更复杂的是人们千差万别的内心状态。这些发现，都是鲜活的；即便是理念性的、认识上的、判断出来的，也都带着感受的色彩。作家就是这样——敞开心扉接受大千世界给予他的各式各样、无穷无尽的信息，一律来者不拒，厌恶的也一样接受。当然这信息，有的明了，有的含混，有的清晰，有的模糊，有的深刻，有的浅薄。所有生活，只要是可视的、可听的、可嗅的、可触的、可尝的、可感的，全都分解成或强或弱的信息，输入作家心中，积存起来。但是作家使用这些材料时就决不按照输入时的顺序。这由于，这些材料不是强记和硬背下来的。它们大多是感受到的。感受得到的东西大多是自然而然的，不自觉多于自觉。一大堆杂七杂八压在一起，谁知哪个细节忽然被利用起来。在这些材料中，不分什么重要或非重要的，没有主次，没有轻重，没有级别，只要是迫切产生的艺术生命所需要，它就是最重要的、最珍贵的、最有价值的。

一九七九年，我在战火方熄的云南边境一带跑，听到和见到许多催人泪下的细节和故事，一时产生创作冲动，但怎么也汇涌不出一个可以牢牢抓住的人物形象，或是可以信笔挥洒的题材。我还听到几个十分完整的故事，却始终变不成文学作品。创作欲结不了果儿，一时我真怀疑自己的才能。这期间，我在云南边防部队听到某排战士，在开战前夜吃过晚饭后，一起将饭碗砸得粉碎，誓决一死。这激动人心的、强烈的一幕，一直保留在我心里，谁知半年后竟然跳进我的长篇历史小说《神灯》中去，成为我所描写的一八七〇年天津教案中，一个因烧教堂而被李鸿章砍了头的义士与他的朋友诀别时的情节。这个情节帮助我把这一场面悲壮的气氛强化了。前面所说的关于刘十九那个奇特的个性细节，也用到这部书中红灯照的女首领黄莲圣母林黑儿的身上，有助于增强这一人物的传奇性和神秘感，丰富了她个性的血肉。

在伏案写作时，大脑所有的细胞都活跃起来。在记忆中库存的细节，就像修配工零件箱里绞成一团的乱七八糟的各种轮儿、钉儿、齿儿、钩儿、珠儿、片儿，平时撂着没用，此刻翻来翻去，不知哪个忽然有用，并且恰到好处。自己至爱亲朋的一个表情特征，也许会用到作品中某一个可鄙的小人的脸上；童年时代留下的某一个情景，也许会变成笔下的与其完全无关的生活画面。昨天才刚感受到而记忆犹新的，不一定马上合用；早已淡忘的什么细节，忽然信手拈来而成为虚构的艺术生命中最闪光的部分。比如，我写《啊！》中老右派秦泉喝水时咽水的声音分外响，这是我外婆的一个特别的习惯；我所描写爱抽烟的秦泉"有时烟缕钻进他花花的头发丝里，半天散不净"，那是一个老同事给我很深的印象，不知怎么都融合到这个政治巨石下的人物的身上。

作家在感受生活时，是把生活打碎了，像碎块和粉末一样贮存起来的。在塑造人物时，再把这些碎块重新组织起来。每一个场景、每一个人物形象，都是从生活中无数人与事中间提取来的。这就难免有人在人物身上发现自己的某一个细节特征，误以为作家在影射自己。

作品中的人物不止于模样、动作、音容笑貌，他处在特定的矛盾中，要产生心情、念头、欲望、想象等各种心理状态。在成功的文学作品中，往往作家会设置矛盾，激化人和人之间的冲突，有时还展现出人物自相矛盾的心理的两方面或几方面。饱满而具有实感的人物形象就在这种矛盾中站立起来。这里所说的人物心理，当然不止于简简单单的喜怒哀乐。如果作家本人对各种各样的人丰富的内心没有体验（或感受）过，就无法把人物的内心世界表现得准确和充实。人物的饱满，主要指人物内心的饱满；人物的真实，主要指人物心理的真实。表情是心理活动的痕迹，行为是心理活动的结果。

于是，作家的贮存中，还有许多纯粹无形的贮存，即情绪、气氛、心理、感觉和感情的贮存（有人称为"积累"）。这种材料的贮存方式，更多是不自觉和下意识的。感情只能感受到，感觉只能感觉到。一个作家只要有丰富的感觉，又能记住这些感觉，才能掌握住使笔下的一切都能栩栩如生的根本。任何事物都给人以感觉，包括阳光、空气、风，以至无生命的石形、木纹、水波，等等；人的内心状态中许多东西只能被感觉到。连真实都需要感觉，所谓真实感。在文学艺术中，真实感比真实性更为重要。一个经历过的场面，日久天长，可能会将其中许多细节和情节忘记了，但如果对那场面特有的气氛还能感觉得到，便可以另外设想一些情节和细节，将那场面的真实感表现出来。比如我写《啊！》时，心里有无数桩"十年动

乱"中知识分子坎坷命运的故事，但一桩也没用。《啊！》的
故事纯粹是虚构的，但故事中所写的那个时代的气氛，人的心
理状态，人与人之间的互相感觉，却是我切身体验过的。我努
力再现这些难忘的、当时特有的感觉。这样就使我能够从一个
高度概括反映"十年动乱"的生活及其本质；而努力表达的气
氛、心理和感觉的真实，就为这部作品提供一个使人信以为真
的基础。我是从人物的心理真实来反映生活真实的。在写作
时，我最下功夫之处，则是尽力调动出内心贮存的对那个时代
的全部的、独有的感觉。

　　我想说，一个作家必备的素质，就是能对大千世界纷纭万
物保持丰富而敏锐的感受力。他就容易随时随地感动、激动、
冲动，不管与他有关或无关的事物，他都会去体验。这样，他
的心中就会装着较常人多几倍或几十倍的库存，他自然就能创
造出许许多多令人置信的艺术生命。从这一点说，对这样一个
作家，没有一种事物是没用的，没有任何时间是虚度的。他无
聊时，也是对无聊的心理状态的一种体验。凡是他经过的，他
都体验过，不管他意识到或者没有意识到。作家按照一个事先预
定的什么题材去体验生活，他不一定达到目的，却会得到意外收
获。因为一个真正的作家在感受生活上是不带有选择性的。

二

处于旺盛时期的作家，经常会产生创作冲动。好比春天的土壤，到处能钻出新芽儿。所谓创作冲动，是突然爆发的一种写作欲望。

引起这种创作冲动的原因多种多样。有时是一个形象或一个细节，有时是一个新认识，有时是由于受到外界事物猛烈的撞击，有时则是在闲谈中间偶尔获得的某一个启迪。

创作冲动是在雄厚积累上爆发的。

但是，不管作家心里原先有多么丰厚的积存，没有这个意外的、新鲜的、非同寻常的刺激，那积存不会默默而自动地质变成一部作品。这是一个新信息，碰到了心中积存已久的旧信息；顿时，联想比电的速度还要快，迅速把相关的生活积累沟通。想象好比停在脑袋里的鸟儿，即刻腾空飞起，创作的思维活动就此开始了。

然而，并非所有创作冲动，都能引出一部作品。

这时，大脑好像一个接待站，受理的事情不见得全能解决。作家受到意外的触发之后，脑袋里经常会闪出这样的话：这是一篇很好的小说！如果他真拿起笔来，多半不能写出一篇完美的小说。一篇小说是由许多元素组成的。在创作激情溢满心中时，以为获得了一切。沉下心写作时就会发现，尚且缺乏一些至关重要的元素。比如人物缺少个性、没有异常生动的细节、寓意尚浅或形式平庸，等等；或许心里的贮存不够充足、想象力一时不够活跃；思维的线索零乱不畅，等等。创作冲动的潮头就要受阻，暂时平息下来，仿佛一根线没有把心里的珠子串起来。尽管这一创作思维最后没有完成，它却像一件半成品或毛坯和胚胎留在心中，等待着积累、酝酿和下一次新的意外的撞击。

作家的工作，看上去是一部作品写完了，再写一部，但心中构想的作品却不分顺序。每个作家心里都有几部甚至几十部未完成的作品，好似待哺的雏鸟，羽翼一丰就飞出巢去，谁又知哪一只抢先飞出巢去。因此作家的创作计划最不可靠，如果他宣布了计划却没完成，绝非吹牛。

我在写《爱之上》时，一天早晨在阳台上做操。低头偶然瞧见一对老夫老妻，在寂静的胡同里踽踽相伴而行。他们是我的邻居，没有子女，相依为命地过了将近一生。平时，我常常碰见他们，只是打招呼，说笑几句，从来没有着意地观察和细心地体味。不知为什么此刻他们竟陡然在我心里惹起一阵莫名其妙的缭乱的情感——苦辣酸甜交融在一起的情感。是不是跟随他们身后那两条淡淡而相依的身影而引来的同情心，还是更进一步引起对人生的某种感触和对生活倾心的爱？不知道。我只感到整个身心都微微战栗了。平时有关的感受，不招即来，热烘烘地在脑袋里聚得满满实实。我几乎只是略略想一想就有了写成这篇小说的把握。我不得不撇开写得正起劲儿的《爱之上》，半天之间写成这篇《老夫老妻》。还有一次，我因刊物催稿太紧，急于赶写一篇文章，不得不把忽然涌来的一个创作冲动压下去。本来我这篇新作应有的东西似乎全都有了，完全能够一挥而就。但终因为了不对那催稿的刊物失约而插入这篇小说的写作，过后再想写竟写不出了。使我奇怪的是，那曾经使我如痴如狂的创作冲动，那些看得见、摸得着的情景和形象，那情绪、气氛和种种感觉，就像聚拢起来欲雨的阴云，却散开来，一团一块，漫天飘浮，软绵无力，再也收不拢、抓不住。我甚至不明白自己曾经何以想到这种浅薄无趣的东西来。我自然不会再写它，因此也就失去了这篇小说。但我不知道，我失去的到底是一篇好小说，还是受了自己的冲动愚弄而本来是一个平平淡淡的故事和构想。

三

每人都有自己创作思维的习惯。

当这三个条件——一、实感的人物；二、可靠的支点；三、富有境界的结尾——都具备时，我就蛮有把握地拿起笔和空白的稿纸来。

不管怎样一个契机和念头引起一篇作品，首先得有人物。

在小说中，人物与人物的关系就是矛盾，两个人物的矛盾又影响到他们各自与其他人物的矛盾。这些矛盾缠在一起，互相推动而进展，就是情节。情节不是故事，一连串情节，有了脉络，才是故事。情节服从人物的需要，人物不从属于情节。如果把人物当作某一个有趣的情节的、可以随意摆弄的棋子儿，既违反了生活逻辑，也违反了创作的根本规律。

在创作时，作家就像当事人一样，参与到他所制造的人物之间的矛盾中去。生活中，没有一个人是配角；小说里的人物也不应当有所谓配角。如果把他当作配角，他立时就变得干瘪，陪衬人物不会是立体的。因此，作家就要使自己随着矛盾的进展，不断变化成为小说中各个人物，分别体验每个人在矛盾中的举止动态。这种体验，就是斯坦尼斯拉夫斯基所说的那样的体验，准确把握住每个人物在矛盾进程中每一变化时不同的心理状态。这状态离开矛盾就不存在，离开人物个性就不存在，离开人物处境也就不存在。反过来，准确的心理状态又可以体现人物的处境和个性的真实感，以及矛盾和情节的确切性。这样，作家的创作就像搅在复杂的人事纠纷里一样麻烦和焦虑。

如果说作家在生活中对人的体验，不自觉的成分多，那么在塑造人物时，对人物体验自觉的成分要多。创作过程，是对生活更深的深入，也是对人更深的体会与认识。

然而，生活中每个人都是优点、缺点、弱点的混合体。人还常常自相矛盾。对于一个人，可以做出三言两语简单的介绍，但往深处说，千言万语不一定说得透彻。人对人的认识，除去理解，还有许多难以言传的感觉，加在一起才是一个活生生的人，因此文学作品的人物，不应当是能够清清楚楚说得出来的，应该是实实在在感觉得到的。这是说，人物要有实感，实感的人物才有立体感。

当然，短篇小说的人物和中长篇小说中的人物不一样。作家写中长篇时，常常写过几章之后才能渐渐将他的人物把握住。作家在作品里和生活中一样，熟悉一个人要有时间过程。

不管作家预先把他的人物设计得多么具体和生动，总是愈写愈熟悉，直到你叫人无缘无故打他一个耳光，才知道他的反应，这时你才算真正把作品推上一条不费力就开动起来的轨道了。

再有，我需要几个支点。

有了人物就有了写好小说的把握。但一篇作品撑起来还需要几个支点。短篇像点，中篇像线，长篇像面。愈大支点就得愈多。比如，中篇小说《铺花的歧路》，我想到了这几个关键处：如白慧打女教师，白慧发现自己所爱的人是女教师的儿子，白慧与常鸣决裂，白慧与常鸣在遥远的边塞小镇意外邂逅，常鸣原谅了白慧——当我把这几个情节想得如在眼前，甚至十分激动，我觉得就像抓住一个大箱子的把手，能够整个儿端起来。自然，这种戏剧性情节结构的小说，容易找到支点。支点就是主要的矛盾冲突，读者也能发现它；而那种更加生活化的散文式结构的小说就不易看到支点。但我在写《在早春的日子里》时，却是想到了我和达霞前后不同的五次见面时的情景，才动笔写这篇小说的。在这种小说中，细节往往成了支点，几个诗情画意的片段或感人的境界往往成了支点。有了这支点，哪怕支点之间还有许多空白的地方，也可以放手来写了。

我的构思习惯是，还必须有一个好的结尾。我以为结尾比开头重要得多。一件艺术品成功与否，很大程度在于它最后的工作是否恰当。最后一句台词、最后一笔油彩、尾声，等等，最容易成功和最容易失败之处往往就在这里。一部作品的内容、思想、情感也都凝聚在这里。它是整部作品最浓郁的地方，如果作家淡淡地结尾，也正是要把最浓郁的东西留给读者慢慢咀嚼。我喜欢这样的结尾：出人意料但不故弄玄虚，言犹未尽而寓意深长；把话留下半句，把感情推出去；作品终结时能将作品的思想推进一层，这一层又完全交给读者自己去想象与体味……

当我写《雕花烟斗》时，想到唐教授得知老花农至死叼着自己随意赠送的烟斗而唏嘘感叹，当我写《酒的魔力》，想到庄重得令人生畏的老首长，酒后纵情恣意的模样，我虽然没有动笔，心中却已把这些小说完成了。

作家应当像个大人物，抓大事，不要巨细无遗。有了几个必备的条件，其他局部的内容、小矛盾和小冲突、无关宏旨的细节，在写作时让它们自己顺情合理地生发。我细细自省了一下每篇小说写作时的情景，几乎所有较好的作品在写作时都是心情顺畅而精饱力足的。同时，还努力使自己充盈一种战士般昂奋的情绪，精神上的优越感，接近骄傲的自信心。耳聪目明、浑身清爽、呼吸顺畅，任激情冲荡，灵感连续爆发。而自己的工作却是尽力节制它们。如果反过来，大脑迟钝、神怠意懒、背酸手僵，虽然把人物、故事、细节都预想好了，让预定的情节拉着自己的写作勉强进展，硬从自己的身上挤压情绪，写出来的东西恐怕自己也不想再看。我有过这样一次体会，以后便再也不这样写东西了。

创作处于最好的状态时，作家感到他的人物全活了。这些人物像生活中熟悉的活人，能够感到他生气发怒的样子，感到他的呼吸和皮肤的温度，甚至他用手指捅你一下，也知道是什么感觉，于是这些人物你就难以驾驭得住。他们要依照自己个性的逻辑而不顺从作家的意志去行动。这也是许多读者来信问我，为什么《爱之上》中，肖丽不与她旧日的情侣靳大诚结合，而偏偏对一个比自己年长十来岁的老教练产生爱慕之情的缘故。我原来也是安排了一个破镜重圆的结局的，但写到结尾，我感觉肖丽不会那样做，小说的结局便变了样子。我想，虚假的人物受作家驾驭，真实而活生生的人物要驾驭作家。因此，"这个人物为什么不那样！这个人物应该这样！这个人物不该这样！"这类话会使作家啼笑皆非，甚至无从下笔。人物有了个性，就依从自己的个性，容不得任何"应该"之类外加的东西。

至于主题，我想作家写作时大概都不会想到主题。他会产生理念，想到哲理。作家对生活的发现，一是形象，二是哲理。哲理深化形象、内容。但一部容量丰富的作品，包含着众多哲理，给人的启迪也是多种多样的。这哲理与形象相融，难以分开。而有些哲理和认识，是在对人物的不断挖掘中发现的，它含在形象里，聪明的作家不会把它抽出来直愣愣地写在纸面上，否则形象就会一下子变得概念和干瘪。作品中的深厚的题旨和有血有肉的人物，都应当是既清楚又模糊的。据我的体验，所谓主题明确、人物鲜明，往往是内容单一和形象种类化、平面化的同义语。

我在《义和拳》中显现出的缺陷，其根源正在于此。可能我过多地翻阅史料，对历史的认识过于清醒。当作家本人能把他的作品说得明明白白和有条有理，把他的人物功过是非分析得透彻而无遗漏，那么笼罩这生命上的一团朦朦胧胧而活喷喷的气息就会消失。好像从太空望远镜前看见的月亮，它每个洞眼与凹凸都看得清晰，自然也就失去那迷人的、神奇的、明澈人心的景色了。

四

艺术是一种思维。

在文学中，艺术不仅是手法和形式，还是作家本人特有的思维方式。

那么，作家本人的气质、习惯、修养、审美感，乃至个性都会直接渗入这种思维方式中，使它带着鲜明的个人色彩。

比如我自己，从事了将近二十年专业绘画，我就自然习惯于可视的形象思维方式，包括想象和联想在内。我想到的东西都会不由自主地变成画面。如果不出现画面，没有可视性，我仿佛就抓不住它们。对于我的小说，往往至关重要的是一个独特又具体的画面。像《高女人和她的矮丈夫》——高女人死后，每逢下雨天气，矮丈夫依旧习惯地半举着伞，那伞下好似空了一大块，世界上任什么东西也填补不上……这画面一在幻想中出现，我立即冲动起来，像画家那样完成了自己的构思。诗有诗眼，戏有戏眼，这画面就是我这篇小说的眼。此刻，我甚至把这画面想象得比写出来的更为细致和真切。那矮丈夫肌肉抽缩、青筋鼓胀的手，那油漆磨得剥落的雨伞把儿，那无人料理、一身皱褶、扣儿郎当的衣服，那被细雨打湿而全然不知的裤腿，以及在绵密的雨雾中矮男人饱经沧桑、有点凄凉的背影……全都看得一清二楚。但这些我都没写。我写其他作品也是这样——习惯于把想象出来的变成可视的。环境的空间境象，景物之间的位置以及形象，全都历历在目，甚至有了光、影、色调，我才下笔，并且尽力用文字把它们描写出来，使人想到这画面。

再有，便是我气质中的个性因素。比如我容易被感动、动感情，容易怜悯和同情。这些因素最容易融进感伤的调子中去。还说那篇《高女人和她的矮丈夫》，我本来想写得幽默些，但最后仿佛必须落得一个伤感的结局才得尽情尽意。当然我并不是个完全感伤又柔弱的人。我天性也快乐，喜欢嘲弄，我才写了《哈哈镜》《酒的魔力》和*Book! Book!*；我骨子里也有坚韧的成分，我才对《义和拳》《神灯》和《爱之上》等有激情；我对地方乡土有着浓厚的情爱，使我写了《鹰拳》和《逛娘娘宫》；我连皮肤上都充满敏感，于是写了《雾中人》……

一种创作构思的方式习惯了，反过来就会影响本人感受生活的方式。对什么感兴趣，就会发现什么。有如电器，输出和输入的信号指数往往一样大小。作家脑袋里都有固定的波段和波长，收到哪个波段的信号，就能放出哪个波段的信号，波长之外的全流失了，硬要他收也收不到。一万个作家，一万种气质，一万种感受方式，一万种思维方式，一万种风格。如果相同，必然是强压成的，全都变了形。那就既没有风格，也没有了作家。

解放小说的样式

　　在人的眼睛里，猴子差不多是一样的；在猴子的眼睛里，大概人也差不多是一样的吧！其实人千差万别，绝无两个相同的人，为此才构成一个丰富繁杂、纠缠不休的世界。世界上一切东西的名称，都是为了区别其他，小说亦然。小说之名产生，似乎为了区别于诗歌、杂文、剧本，等等。小说大都有人物、情节、故事，这一切都应是虚构的，其中还包蕴着主题，如此这般，小说就天经地义应该有一个固定的模式吗？

　　纵观古今，横览中外，小说的样式无穷无尽，恐怕电子计算机也统计不出来。是不是我们过于习惯在各种事物中寻找相同和共同之处，不习惯探求区别和差异，把规律当作特征——这种思维方法影响到小说便是样式的单一。反过来，样式的单一化又影响到作家的表现方法，局限作家从内心调动出多方面的生活积累和感受。久而久之，以致影响到作家活泼地、灵便地、多侧面和多角度地观察生活和感受生活。这是一种反循环或者叫恶循环。因此，我们现在提出小说样式问题，不仅是个形式问题，也直接涉及作品的内容。

历史上每一个有出息的作家，在他对生活有独特发现和独特感受时，必然要寻找一个恰当的表现形式，当古往今来的一切形式都不适于把他这种发现和感受确切地表达出来时，他就要在形式上做些改造或创造。文学是创造者的事业——这句话大概没错。我想，辞典上每一个语汇的产生，当初必定是为了表达一个特定的内容。那么，社会在发展、在丰富、在改变，生活出现新面貌和新特征，人们的内心感受也在不断增添新东西时，小说的样式不可能不改变。

内容决定样式，样式也决定内容。不善于改革和变化样式，内容的表现就要受到局限和束缚。比如欧·亨利，大概他过于自爱那种戏剧性巧合的结尾，篇篇差不多都用这种样式，必然影响他才华多方面的施展；他把精力大多用在情节巧妙的安排上，人物就成了这些情节的表演者。因此，他没能创造出理应达到的更为独特和深刻的艺术境界。角度太单一了，生活就成了平面。一个聪明的作家，不会认准某种样式，固定下来，把这样式当作翻制生活的棋子。严格来说，一种样式只能使一篇作品成功。如果作家的某一篇作品获得成功，最明智的做法是，写另一篇时再也不拿起这用过的样式来。在艺术中，形式的本身也就是内容。五四时期新小说的出现，看上去是形式的改革，实际也是内容的变革。因为，自从辛亥革命后，社会生活的急剧变化，使得数百年习惯了的章回体的写法渐渐显得老而无力。而鲁迅等人开端的新小说更适应变化了的生活的实质。可以说，解放了形式，更促使内容的解放（这里说的内容，除去社会生活，还包括时代精神、思维方式和审美习惯等），也就更适应生活的需要。

样式很像烹调，直接关系着读者的胃口，单一的菜谱叫人乏味。文学与绘画不同，一个画家可以只画马，或画鱼，或画竹子，仅仅这么几笔就足够了。求画的人还非要他这拿手的几笔不可。文学与绘画比起来，那可是难上加难，作品之间不能重复，不单不能与别人重复，还不能与自己重复。人物、情节、细节，乃至用过的一句格言警句、一个巧妙的比喻、一段美好的写景，都不能再在自己其他的作品中出现，否则会被别人认为江郎才尽、黔驴技穷，甚至被指责自己抄袭自己。至于样式，尽管可以相同，但长此不变，无论什么日子都穿这鞋子，它就会使读者厌烦。人们的精神需要——尤其是艺术需要，不是共同一致的，而是相互区别的。区别得愈多愈大愈明显，则愈好。

那么，写小说的，首先就不要把小说的概念看得太死——

不要认定小说必须有一个故事，或中心事件，或矛盾冲突吧！契诃夫的《草原》就不是这样写的；不要认定小说的人物必须有来历、有职务、有名有姓吧！契诃夫的《胖子与瘦子》就不是这样写的；不要认定小说必须有头有尾吧！契诃夫的《苦恼》就不是这样写的。这只是契诃夫一人而已，又仅仅是他的三篇小说，就是三个样式。巴尔扎克在他严谨的、冷峻的写实之作中间，也有充满强烈的浪漫色彩的《沙漠里的爱情》和荒诞不经的《驴皮记》；罗曼·罗兰的《约翰·克利斯朵夫》就与其《哥拉布洛尼翁》是完全不同样式的两部小说；鲁迅的《祥林嫂》和《狂人日记》在样式上的差距就更去之千里。那么天下小说还有多少样式？

正剧、悲剧、喜剧、闹剧；悲壮的、感伤的、浓烈的、恬淡的、热烈的、幽默的、寓庄于谐的、寓谐于庄的、悲喜交加的；情节性的、没情节；慢如牛车的、疾如闪电的、走马观花的、原地踏步的；描写的、叙述的；海阔天空、一泻千里的；笔笔交代、如书供状的；松散的、严谨的；单纯对话的、没有对话的；第一人称的、第二人称的、第三人称的、三个人称混在一起的；卷帙浩繁的、七言八语的；动作的、心理的；章回体的、笑话式的、拟人的、象征的、荒诞的、一本正经的；回叙式的、幻想式的；生活流、意识流；市民的、乡土的；散文式的、寓言式的、诗化的、电影化的……这仅仅是小说样式的一部分，甚至一小小部分。

过去不能替代和统治将来。一切过去的样式，如果变成公式，便会成为小说发展的障碍。样式如衣服，第一要合体（符合内容），第二要随穿衣人的兴趣爱好而变幻式样。道理很简单。因此，我们则首先要把原有小说的观念重新检验和思考一番，不要使旧的形式禁锢和限制我们活生生的生活感受和创作思维。大胆地把小说样式解放开来，更好地适应春潮一般疾涌而来的新生活。

小说的眼睛

绘画有眼，小说呢？

在我痴迷于绘画的少年时代，有一次老师约我们去他家画模特儿。走进屋才知道，模特儿是一位清瘦孱弱的老人。我们立即被他满身所显现出的皱纹迷住了。这皱纹又密又深，非常动人。我们急忙找好各自的角度支起画板，有的想抓住这个模特儿浓缩得干巴巴的轮廓，有的想立即准确地画出老人皮肤上条条清晰的皱纹，有的则为他干枯苍劲、骨节凸出的双手所吸引。面对这迷人的景象，我握笔的手也有些颤抖了。

我们的老师——一位理解力高于表现力因而不大出名的画家叫道：

"别急于动笔！你们先仔细看看他的眼睛，直到从里边看出什么来再画！"

我们都停了下来，用力把瞬间涌起的盲目的冲动压下去，开始注意这老人的眼睛。这是一双在普通老人脸上常见的、枯干的、褪尽光泽的眼睛。何以如此？也许是长年风吹日晒、眼泪流干、精力耗尽的缘故。然而我再仔细观察，这灰蒙蒙的眼睛并不空洞，里面有一种镇定沉着的东西，好像大雾里隐约看见的山，跟着愈看愈具体：深谷、巨石、挺劲的树……这眼里分明有一种与命运抗衡的个性，以及不可摧折的刚毅素质。我感到生活曾给予这老人许多辛酸苦辣，却能被他强有力的性格融化了。他那属于这生命特有的冷峻的光芒，不正是从这双淡灰色的眸子里缓缓放射出来的吗？

顿时，这老人身上的一切都发生了奇妙的变化。他皮肤上的皱纹，不再是一位老人那种被时光所干缩的皱纹，而是命运之神用凿子凿上去的。每条皱纹里都藏着曲折坎坷而又不肯诉说的故事。在他风烛残年、弱不禁风的躯体里，包裹着绝不是一颗衰老无力的心脏，而是饱经捶打、不会弯曲的骨架。当我再一次涌起绘画冲动时，就不再盲目而空泛，而是具体又充实了。我觉得，这老人满身的线条都因他这眼神而改变，我每一笔画上去，连笔触的感觉都不一样了。笔笔都像听他这眼神指挥似的，眨眼间全都变了。

人的眼睛仿佛汇集着人身上的一切，包括外在和内在的。你只要牢牢盯住这眼睛，甚至就可以找到它隐忍不言的话，或是藏在谎言后面的真情。一个人的气质、经验、经历、智能，也能凝聚在这里面，而又有意无意地流露出来。因此，作家、医生、侦探都留意人的眼睛。从此，我再画模特儿，总要先把他的眼睛看清楚，看清了，我就找到了打开模特儿之门的钥匙。

绘画有眼，诗有"诗眼"，戏有"戏眼"。小说呢？是否也有一个聚积着作品的全部精神，并可从中解开整个艺术堂奥的眼睛呢？

小说的眼睛大有点石成金之妙

在短篇小说中，其眼睛有时是一个情节。比如邓友梅的《寻访"画儿韩"》。"画儿韩"邀来古董行的朋友，当众把骗他上当的"假画"泼酒烧掉，恐怕是小说一连串戏剧性冲突中最惊心动魄的一幕。邓友梅把小说里的情节全都归结于此。这是小说的悬念，也是作品情节的真正开始。这个情节就是这篇小说的眼睛。而这之后故事的发展，都是由这个情节"逼"

出来的。读罢小说，不能不再回味"烧假画"这个情节，由此，对作品的内涵和人物的性灵，也会理解得更为深刻了。

再有便是普希金的《射击》和蒲松龄的《鸽异》。前一篇是普希金为数不多的短篇小说中最有故事情节性的。其中最令人惊诧的情节，是受屈辱的神枪手挑选了对手度蜜月的时刻去复仇。在那个获得了人间幸福的对手的哀求下，他把子弹打进了墙上的枪洞里。后一篇《鸽异》是个令人沉思的故事。养鸽成癖的张公子好不容易获得两只奇异的小白鸽。后来，他又将这对珍爱的小白鸽赠送给高官某公，以为这样珍贵的礼物才与某公的地位相称。不料无知的某公并不识货，把神鸽当作佳肴下了酒。这个某公吃掉神鸽的情节，就是小说的眼睛。它与前一篇中神枪手故意把子弹射进墙上的枪洞的那个情节如出一辙，都给读者留下余味，引起无穷的联想。

这三篇都以精彩情节为眼睛的小说，却又把不同的眼睛安在不同的地方：邓友梅把眼睛安在中间，普希金和蒲松龄则把眼睛安在结尾。把眼睛安在中间的，使故事在发展中突然异向变化；而把眼睛安在结尾的，则是以情节结构小说创作的惯技。这样的小说，大多是作家先有一个巧妙的结尾，并把全篇的"劲儿"都攒在这里，再为结尾设置全篇，包括设置开头。

眼睛不管放在哪里，作为小说眼睛的情节，都必须是特殊的、绝妙的、新颖的、独创的。因为整个故事的所有零件，都将精巧地扣在这一点上，所有情节都是为它铺垫、为它安排、为它取舍，这才是小说眼睛的作用。如果去掉这只眼睛，小说也就不复存在了。如果换一只眼睛，便是假眼，成为一个无精神、无光彩、无表情的玻璃球，小说也成了瞎子一样。

另一种是把细节当作小说的眼睛，这也是常见的。莫泊桑的《项链》中的假项链；欧·亨利的《最后的藤叶》中的画在树上的藤叶；杰克·伦敦的《一块排骨》中所缺少而又不可缺少的那块排骨，都是很好的例子。再如在契诃夫的《哀伤》中，老头儿用雪橇送他的老伴儿到县城医院去治病，在纷纷扬扬的大雪里，他怀着内疚的心情自言自语诉说着自己如何对不起可怜的老伴儿，发誓要在她治好病后，再真正地爱一爱自己一生中唯一的伴侣，然而他发现，落在老伴儿脸上的雪花不再融化——老伴儿已经死了！这是一个多么令人战栗的细节！于是，他一路的内疚、忏悔和誓言，都随着这一细节化成一片空茫凄凉的境界；无形中一个冰冷的浪头，拍打在你的心上。

试想，如果拿掉雪花落在老太婆脸上不再融化这一细节，这篇小说是否还能强烈地打动你？这细节起的是点石成金的作用！

因此，这里所说的细节，不是一般含义上的细节，哪怕是非常生动的细节。好小说几乎都有一些生动的细节（譬如《孔乙己》中曲尺形的柜台、茴香豆、写着欠酒债人姓名的粉板，等等）。但是，当作眼睛的细节是用来结构全篇小说的。就像《项链》中那条使主人公为了一点儿空幻的虚荣而含辛茹苦十年的假项链，它绝不是人物身上可有可无的附加物，而应该是必不可少的。莫泊桑在这篇作品中深藏的思想、人物不幸的命运与复杂的内心活动，都是靠这条假项链揭示出来的。这样的细节会使一篇作品成为精品。只有短篇小说才能这样结构；也只有这样的结构，才具有短篇小说的特色。

当然，在生活中这样的细节是可遇而不可求的，但如果作者不善于像蚌中取珠般提取这样的细节，以高明的艺术功力结构小说，那么，即使有了这样珍贵的细节，恐怕也会从眼前流失掉。就像收音机没有这个波段，把许多优美旋律的电波无声无息地放掉了。

各种各样的小说眼睛

我曾经找到过一个小说的眼睛，就是《高女人和她的矮丈夫》中的伞。

我在一次去北京的火车上遇到一对夫妻，由于女人比男人高出一头，受到车上人们的窃笑。但这对夫妻看上去却有种融融气息，使我骤然心动，产生了创作欲。以后一年间，我的眼前不断浮现起这对高矮夫妻由于违反习惯而有点儿怪异的形象，断断续续为他们联想到许多情节片段，有的情节和细节想象得甚至使我自己也感动起来。但我没有动笔，我好像还没有找到一个能凝聚起全篇思想与情感的眼睛。

后来，我偶然碰到了——那是个下雨天，我和妻子出门。我个子高，自然由我来打伞。在淋淋的春雨里，在笼罩着我们两个人的遮雨的伞下边，我陡然激动起来。我找到它了，伞！一柄把两人紧紧保护起来的伞！有了这伞，我几乎是一瞬间就轻而易举地把全篇故事想好了。我一时高兴得把伞塞给妻子，跑回去马上就写。

我是这样写的：高矮夫妻在一起时，总是高个子女人打伞更方便些。往后高女人有了孩子，逢到日晒雨淋的天气，打伞的差事就归矮丈夫了。但他必须把伞半举起来,才能给高女人遮雨。经过一连串令人心酸的悲剧性过程,高女人死了,矮丈夫再出门打伞还是习惯地半举着,人们奇妙地发现,伞下有长长一条空间,空空的,世界上任何东西也补不上……

对于这伞,更重要的是伞下的空间。

我想,这伞下的空间里藏着多少苦闷、辛酸与甜蜜?它让周围的人们渐渐发现世界上最珍贵的东西——纯洁与真诚就在这里。这在斜风细雨中孤单单的伞,呼唤着不幸的高女人,也呼唤着人们以美好的情感去填补它下面的空间。

我以为,有的小说要造成一种意境。

比如王蒙的《海的梦》,写的就是一种意境。意境也是一种眼睛,恐怕还是最感人的一种眼睛。

也许我从事过绘画,我喜欢使读者能够在小说中看见一个画面,就像这雨中的伞。

有时一个画面,或者一个可视的形象,也会是小说的眼睛。比如用衣帽紧紧包裹自己的"套中人"(契诃夫《装在套子里的人》),比如拿梳子给美丽的豹子梳理毛发的画面(巴尔扎克《沙漠里的爱情》)。

作家把小说中最迷人、最浓烈、最突出的东西都给了这画面或形象，使读者心里深深刻下一个可视的形象，即使故事记不全，形象也忘不掉。

我再要谈到的是：一句话，或是小说中人物的一句话，也可以成为小说的眼睛。

《爱情故事》几次在关键时刻重复一句话："爱，就是从来不说对不起的。"这句话，能够一下子把两个主人公之间特有的感情提炼出来，不必多费笔墨再做任何渲染。这篇小说给读者展现的悲剧结局并不独特，但读者会给这句独特的话撞击出同情的热泪。

既然有丰富复杂的生活，有全然不同的人物和故事，有手法各异的小说，就有各种各样小说的眼睛。这种用一句话作为眼睛的小说名篇就很多，譬如冈察尔的《永不掉队》、都德的《最后一课》等。这里不一一赘述。

年轻的习作者们往往只想编出一个生动的故事来，而不能把故事升华为一件艺术品，原因是缺乏艺术构思。小说的艺术，正体现在虚构（由无到有）的过程中。正像一个雕塑家画草图时那样：他怎样剪裁、怎样取舍、怎样经营；哪里放纵、哪里强化、哪里夸张；怎样布置刚柔、曲直、轻重、疏密、虚实、整碎、争让、巧拙等艺术变化；给人怎样一种效果、感受、刺激、情调、感染、冲击、渗透、美感，等等，都是在这时候进行考虑的。没有独到、高明、自觉的艺术处理，很难使作品成为一种真正的艺术佳作。小说的构思应当是艺术构思，而不是什么别的构思。在艺术宝库里，一件非艺术品是不容易保存的。

结构是小说全部艺术构思中重要而有形的骨架。不管这骨架多么奇特繁复，它中间都有一个各种力量交叉的中心环节，就像爆破一座桥要找那个关键部位一样。一个高水平的小说欣赏者能从这里看到一篇佳作的艺术奥秘，就像戏迷们知道一出戏哪里是"戏眼"。而它的制作者就应当比欣赏者更善于把握它和运用它。

谈到运用，就应当强调：切莫为了制造某种戏剧性冲突，或是取悦于人的廉价效果，硬造出这只眼睛来。它绝不像侦探小说中某一个关键性的疑点和线索。小说的眼睛是从大量生活的素材积累中提炼出来的，是作家消化了素材、融合了感情后的产物，它为了使作品在给人以新颖的艺术享受的同时，使人物得以更充分地开掘，将生活表现得更深刻而又富于魅力。它是生活的发现，又是艺术的发现。

当然，并非每篇小说都能有一只神采焕发的眼睛。就像思念故乡的可怜的小万卡最后在信封上写："乡下的爷爷收。"
或像《麦琪的礼物》中的表链与发梳，或像《药》结尾那夏瑜
坟上的花圈那样。

小说的眼睛就像人的眼睛。

它忽闪忽闪，表情丰富。它也许是明白地告诉你什么，也
许要你自己去猜去想去悟。它是幽深的、多层次的，吸引着你
层层深入，绝不会一下子叫你了然。

这，就是小说的眼睛最迷人之处。

还有一种闭眼的小说

是否所有的小说都可以找到这只眼睛？

许多小说充满动人的细节、情节、对话、画面，却不一
定可以找出这只眼睛来。因为有些作品它不是由前边所说的那
种固定的、明确的眼睛来结构小说的。例如《祥林嫂》中，祥
林嫂结婚撞破脑袋、阿毛被狼叼去、鲁四爷不叫她端供品……
它是由几个关键情节支撑起来的，缺一不可。那种内心独白或
情节淡化、散文化、日记体的小说，它的眼睛往往化成了一种
诗情、一种感受、一种情绪、一种基调，作家借以牢牢把握全

篇的结构。甚至连每一个词汇的分寸，也要受它的制约。小说的眼睛便躲藏在这一片动人的诗情或感觉的后面。如果小说任何一个细节、一段文字，离开这情绪、感觉、基调，都会成为败笔。

还有一种小说，明明有眼睛，却要由读者画上去。这是那种意念（或称哲理）小说。作家把哲理深藏在故事里，它展开的故事情节，是作为向导引你去寻找。就像一个闭着眼说话的人，你看不见他的眼珠，却一样能够猜到他的性格和心思。这是一种闭眼小说。手段高明的作者总是把你吸引到故事里去，并设法促使你从中悟出道理（或称哲理）。《聊斋》中许多小说都是这样的。如果作者低能，生怕读者不解其意，急得把眼睛睁开，直说出道理来，反而索然无味了。这个眼睛就成了无用的废物。

前边说，小说需要那样的眼睛，这里又说小说不需要这样的眼睛。两者是一个意思，都是为了使小说更接近或成为艺术品，更富于艺术魅力。

小说的尾巴

一　尾巴的功能

许多年前，一部电影讥笑一位老教授研究"马尾巴的功能"，那时人人都相信"尾巴的功能"是个毫无用途的课题。后来，在对这部荒谬无知的电影进行说理批评时，世人方知动物的尾巴绝非虚设——而且不单单是豹尾当鞭，鱼尾做舵，孔雀尾巴招徕异性，牛尾巴轰赶蝇虫兼为人间筵席备一道佳肴——动物尾巴的功能差不多能构成一门学问。那么小说的尾巴呢?

小说的尾巴也非寻常之物。结尾，看上去是一种结局，但不是结束和结果，不是终结与了结，好的结尾甚至可以成为一种绝妙的开头。

契诃夫那篇名作《万卡》的全部魅力就是在这样一种结

尾上。圣诞之夜，在城里鞋匠家受尽欺负的小学徒万卡，孤苦难熬时，他想出一个跳出苦海的办法，即给乡下的爷爷写封信，哀求爷爷把他接回去。整篇小说通过信的内容，充分表现万卡那种"他们全打我"的苦难生活。于是万卡把他一切的希望全压到这封信的下落上了。契诃夫把这信的下落写得十分意外又真实！这个九岁的乡下孩子完全不知道怎样写信封，也弄不清他的家乡究竟在哪里，只在信封上写了一行字"乡下的爷爷收"。他把这信封投进街上的邮筒里，然后满怀希望地甜睡入梦……

故事结束了，万卡的苦难并没有结束。契诃夫通过一个乡下孩子的天真和无知，不仅加重了小说的悲剧性和感人力量，而且把一个悬念像个难题那样摆在结尾，迫使读者必须予以关切，为困境中的万卡着想下去。这小说告诉我们，好的结尾对于小说有一种延伸的功能。

蒲松龄的小说《鸽异》却是另一种结尾。

嗜鸽如命的张公子感动了上苍，神仙送给他一对神异美丽的小白鸽。这对鸽子精灵奇妙，天下称绝。然而张公子进见一位高官时，为了使礼物的分量与那高官的身份匹配，便忍痛割爱，将神奇的小白鸽子献了出来。过后再去一问，那高官竟连称"肥美",原来给烹饪后吃掉了！最后这一笔可谓精彩至极。整个故事似乎都为了这一笔，这一笔力透纸背，穿透世态，剥见了权贵们的平庸，从而对于张公子一类人还有警示的作用。这种结尾，发人深省，不是延伸故事，而是深化题旨。看来好的结尾又有一种深化小说的功能。

与前两种小说一样，人人皆知的莫泊桑的《项链》，也是在结尾中大放异彩的小说名篇。当那个为图一时虚荣，弄丢了借来的贵重项链而付出十年劳苦的玛蒂尔特，听到项链的主人孚莱斯夫人说："哎哟，我可怜的玛蒂尔特！我那串是假的呀，顶多也就值上五百法郎……"

读者用不着沿着故事再往下联想，而会掉过头来回味一下整个故事，重新去体会可怜的玛蒂尔特当初无钱的尴尬、富有的渴望、虚荣满足时的快感、失物后的惊恐，以及负债十年中的种种艰辛。每一个细节的回味都加深对故事结尾深入的感受。虽然作家没有直说他的思想，读者反而理解得更多。这是回味的效应。而能够使人回味的小说最难写。这么说，小说结尾还有一种回味的功能。

当然，小说尾巴的功能不仅于此，无论哪一种功能，共同的本质都是为了把有限变为无限。在读者随同小说情节走到终点时，绝不是和读者挥手告别，而是设法拉住读者，或是在情感上纠缠不休，或是欲言又止而意味难尽，或者把读者推进一个更深远的联想天地里。即便是像《项链》这样的直到最后一句话才完成全篇的小说，其结尾也绝不是公布谜底，不是解开谜团，不是真相大白和曲终人散，而是在最后一刻把读者放到故事和思想的核心中去，这样读者才能感到意蕴无穷，余味不已。对于小说，余味是最大的审美效应；对于写小说的，结尾远远比开头更重要得多，也难写得多。虽然不是所有好的小说都必定有一个精彩的结尾，但长着一个令人拍案叫绝的尾巴的小说，必定是一篇好小说。

二　尾巴的式样

从独创的意义上说，每篇小说都应该有一个专属于它的尾巴。这不仅仅是内容决定的，还由于作家的结构方式不同、审美追求不同、各自的个性气质不同。不同作家写同一个故事，结尾绝不相同。这样，天下小说的尾巴就千姿万态、互不相同了。

小说的尾巴，有时是一个突变的情节。

这样的例子举不胜举。故事结束前，情节突变，陡生意外，最容易使读者浮想联翩，直到故事终结后仍继续抓住读者不放。可是，这种情节突变的尾巴往往不如另外一种。那便是——

小说的尾巴，有时是主人公意外的行为。

巴甫连柯的《话的力量》，描写西伯利亚一次秘密会议上，人们等待一个向来信守诺言的人。然而春天里，雪地已经融化，无法使用雪橇；河水刚刚解冻，冰块漂浮，又难以撑船。人们坚信他会来，又认准他无法准时赴会。最后，也就是在约定的时候，他出现了，嘴里叼着烟斗，从容地撑着一条小船。细看原来几只狗拉着船在岸上跑，他用杆子拨开水上的浮冰和调整船头方向。他把雪橇和船两种工具合并起来使用，便按时到达了，这使人们惊愕不已。作家将故事的结尾设置在常人无法解决的矛盾中，但主人公却非凡地完成了。这个意外的行为就成功地塑造了主人公——从智慧到人格。此外，同样杰出的尾巴还在都德的《柏林之围》和普希金的《射击》中。人物的意外行为，常常是作家刻画人物的性格深层与多面性的最关键的一笔。倘若把这意外的一笔放在结尾处，小说和人物便同时光彩地完成。当然，小说的尾巴不全是意外的，还有另外一种——

　　小说的尾巴，有时是一个真实自然的细节。

　　首选的例子当推杰克·伦敦的《热爱生命》。作家在这篇小说的结尾处写了一个有趣的细节，即主人公在遇救后的一段时间里，每次吃过饭，都要偷偷拿几片面包藏在自己的床褥下。这个非常合乎人物特定心理的细节，从事件的后遗症出发，更加重了读者对那次经历的凶险绝望与触目惊心的感受。生命在这样的故事里，也就越发显出它的珍贵与顽强。就艺术的本质而言，艺术的真实来自细节的真实。正是这种独特的、极其准确的细节，才使小说可信和动人。杰克·伦敦把这样一个细节放在结尾是个极聪明的做法，但不是人人都能发现这种好细节的，许多小说的结尾采取别样的一种——

　　小说的尾巴，有时是一种氛围。

　　这种小说最具代表性的作品是蒲宁的《三个卢布》。主人公身在荒郊野店，穷极无聊，找来一个"街头女"陪伴。事后才知道她是一位由于穷困所迫而初次卖身的少女。于是这主人公便像聂赫留朵夫那样后悔自己一时的荒唐，带着忏悔与这贫病的少女生活半年多，直到她死去。这小说通篇都在风雨大作、雷电交加的环境里，结尾却面对着那女子墓地的一片悠远的宁静。一种深深歉疚的氛围萦绕不已，这也是一种回味与余味。但不是凭借意外结局，而是渲染小说独有的气氛，深化读者的感受。那种情感色彩的小说常常使用这样的结尾方式。

小说的尾巴，有时只是一句话。

比如《爱情故事》，结尾强调主人公奥列弗与詹尼最爱说的一句话"爱，就是从来不说对不起的"。这句话在小说里重复多次。但在主人公坎坎坷坷的人生经历中，每一次出现，好像都被重新阐释一次。然而直到结尾，詹尼去世了，它最后一次出现时，才显出小说的全部含义。

小说的尾巴，有时又是一个谜。

博尔赫斯《两个人做梦的故事》，写了一个极短的故事。一个开罗人梦见有人告诉他"您的财富在波斯，去伊斯罕特去寻找吧！"他依照这个神示立刻启程去伊斯罕特。到了那里，一位城防队长知道他的来意后大笑道："我三次梦见开罗一个园子里埋着大堆钱，我从来都不去理会。"这开罗人听后，转身返回开罗。最后他在伊斯罕特那个队长所说的园子里，果然找到了这笔财富。

这个结尾有点儿像神话，更像个谜。但读者慢慢会悟到作家要说的话——不要放弃对向往的执着，哪怕是个梦。

我写过一篇小说叫作《高女人和她的矮丈夫》。这对夫妻由于身高比例违反世人的习惯而不被理解。在荒唐的岁月里，他们甚至成为人们揶揄的对象。然而在经历了种种不幸之后，人们才看出他们深切的、可贵的恩爱。但是高女人死去了。结尾时我写道："逢到下雨天气，矮男人打伞上班时，可能出于习惯，仍旧半举着伞。这时，人们有种奇妙的感觉，觉得那伞下好像有长长一大块空间，空空的，世界上任什么东西也填补不上……"依我看——

小说的尾巴，有时是个画面。有时还是个空白。

尾巴的式样无穷无尽。关键是：一要独特；二要小说陡然生辉，或使人物由平面变为立体，或使故事一下子深入进去。倘若点石成金，那更求之不得，应该称之为"金尾巴"。

三　尾巴的大师

巴尔扎克一生写了上百部小说，却没有一条好尾巴。原因是他专长巨制，不攻精短。其他如哈代、劳伦斯、德莱塞、福克纳、詹姆斯·乔伊斯等这些以长篇拿手的小说大师，虽然光照文学史，却鲜能贡献出一条上乘的小说尾巴来。

小说愈短愈容易关照到结尾。好似路短，一眼看到终点。而短篇尤其需要一条好尾巴，唯此才能使短篇不短，余味无穷。宛如宋人小品，咫尺之内，应看万里；又如汉印元押，方寸之间，兼容天地，全看其中的手段与营造。所以，尾巴的功能和制造尾巴的能耐主要体现在短篇小说上。

然而，又不是所有优秀的短篇小说作家，都能写出上好的尾巴。诸如果戈理、王尔德、毛姆、辛格、冯尼格等，都写过众多短篇名作，但精妙绝伦和令人难忘的尾巴却不曾见到，由此可见好尾巴之难。如果从尾巴的角度来审视文学史，够得上"尾巴的大师"的，当属美国的欧·亨利、法国的莫泊桑和俄国的契诃夫。还有一个在中长篇的尾巴上卓有成就者，则是俄国的屠格涅夫——他是一个例外。

美国人欧·亨利写了三百个短篇，却只写一部长篇名曰《白菜与皇帝》，所以他称得上短篇专家。他的名篇《麦琪的礼物》《警察与赞美诗》《最后的藤叶》等几乎无人不知，而且都以好尾巴取胜。尤其《麦琪的礼物》：圣诞节来临，一对清贫如洗而深挚相爱的男女青年，互相赠送给对方一件礼物。但糟糕的事情发生了——姑娘剪去了自己一头美丽的头发，为心爱的男朋友买了一条珍贵的怀表链；而恰恰小伙子卖掉身上唯一值钱的怀表，为倾心的姑娘买了一个精致的发卡。故事在这尴尬的巧合中结束。这个生活巧合未免残酷。为了爱，他们更是一无所有。然而正是这样一无所有，他们才更加深切地感受到对方舍己的爱。这个结尾在"小说尾巴史"上可以得金牌。

欧·亨利小说的结尾大多是巧合。他的写作灵感到来之时，就是绝妙的巧合在大脑中出现的一瞬。他的写作是：首先获得一个闪光的尾巴，从中燃起写作激情，再进入构思与写作。虽然，他写作是顺向的，从开头到结尾，但构思却是逆向的，从结尾到开头。这种独特的创作思维，只有柯南道尔写福尔摩斯那些故事的时候使用过。侦探小说也是先有结局，再去编织前面扑朔迷离的故事。但侦探小说最终表现的是人物的智慧，欧·亨利则是要揭示人生深藏的真谛。欧·亨利的巧合式的尾巴，是一种"奥氏格式"。

法国人莫泊桑那些短篇名作，除去《项链》，那些《羊脂球》《骑马》《我的叔叔于勒》等结尾，也都是采取情节突变的方式，而每每一变，他的人物便陷进难堪无奈、孤苦无助的困境里，从而唤起读者的关切，把故事推进思索的深层。他和欧·亨利不同，他的写作与构思都是顺向的。他也不追求用巧合来制造的戏剧性效果，而努力使小说生活化。他的突变情节与意外结局都是生活中可能发生的，因此小说才真实感人。欧·亨利的结尾运用戏剧效果打动人，莫泊桑则调动生活力量感染人。莫泊桑短短一生，写了许多中长篇杰作，同时又成为一位短篇大师，他在尾巴上的建树，当与欧·亨利比肩并立。

比起前两位作家，俄国的契诃夫没写过长篇，他名副其实是位短篇小说家。他的小说较比莫泊桑更切入生活本质，朴素自然，感觉逼真。他的结尾鲜明地体现了这种追求。最具代表性的是《苦恼》：那个儿子死去的马车夫，心中痛苦，便一遍遍说给周围的人，却无人理睬——这有些像祥林嫂。最后，他在马棚里对着一匹嚼着燕麦的母马说了。当然，这只是孤苦无告的人一种自言自语而已。但母马却闻了闻他的手，似乎听懂了。他便把心中的苦恼一股脑儿地倾诉给这匹根本不晓人事的母马。他似乎获得一种假象的安慰。因而在读者看来，人物更加孤单可怜。

他的小说结尾都是这样：紧紧扣住人物——都是小人物——的境遇，凭着一些真切的感觉和真实的细节，给人留下真切的感动，再加上他那悲天悯人的个性，小说的结尾总带着淡淡的哀伤。这种哀伤的结尾是契诃夫独有的风格。

契诃夫是淡淡的哀伤，屠格涅夫则是浓浓的伤感。屠格涅夫这种小说感觉多半依靠结尾完成。他的小说结尾差不多都是这样：在爱情被迫拆散的多年之后，男主人公重返故地，女主人或是不知去向，或是世事全非，或是已然辞世，留下无可挽回的遗憾，惹起深切的惆怅与忧伤。这种结尾的笔调一律使用抒情的散文笔调，用渲染发挥感染的作用。从他的长篇小说《贵族之家》《春潮》到中篇小说《初恋》《阿霞》《僻静的角落》《普林与巴宁》等莫不如是，以致他这些结尾的感觉互相都十分相似了。

他的这种结尾，如同奥氏格式一样，也成为一种定型的方式，以致曾被几位大作家采用过：一是契诃夫的《带阁楼的房子》，二是库普林的《阿列霞》，三是鲁迅的《伤逝》。鲁迅只写过短篇小说，虽然作品不多，但每篇一个样式。《伤逝》和《带阁楼的房子》等都是屠格涅夫式的结尾——男主人公重返故地，女主人渺无踪迹。都是爱情悲剧与伤感结局，也都是成功的借用。屠格涅夫是在中长篇小说结尾上唯一具有鲜明风格的"尾巴的大师"。

如果我们把上述几位作家综合考察，就会发现，唯有故事结构的小说，才更讲究尾巴的创造和尾巴的使用。而非故事性小说的好尾巴则期待着一位"未来的大师"。

小说的艺术

我跟大家谈的中心是小说的艺术。

生活和艺术的关系，大家讲得很多了，我不讲这些。我也不只讲小说的艺术在什么地方，而是主要讲通过什么手段，使小说成为艺术品。我要讲的是，你有了很好的立意，也有了比较深刻的思想，还有了酝酿得比较成熟的题材，这时你甚至全身都回荡着强烈的创作欲望，你的大脑已经展开想象的翅膀，你想动笔写作了，在这个时候，就面临着一个艺术问题。小说里所要考虑的艺术问题，都是在这个时候考虑进去的。这时，你要调动自己的艺术手段、审美趣味来进行创作。我要讲的就是要调动哪些手段。你要进入创作阶段，就同演员要进入角色一样。演员要控制角色，这控制就是艺术，就是分寸。我主要是讲分寸怎么控制。

准备分八个小题讲：

第一，讲小说的样式；

第二，讲小说的基调；

第三，讲小说的容量；

第四，讲小说的眼睛；

第五，讲小说的角度；

第六，讲小说的空白；

第七，讲小说的境界；

第八，讲时代·艺术·信息。

一 小说的样式

从古到今，小说一共有多少样式？我们现在可以数出来的，有章回体小说，有寓言体小说，有象征小说，有荒诞小说，有笔记体小说，有日记体小说，有散文化的小说，有情节性小说，有情节淡化的小说，有戏剧性的小说，当然还有第一、第二、第三人称的小说，有正剧，有悲剧，有喜剧，有轻喜剧，有寓谐于庄的，也有寓庄于谐的，还有悲喜交加的，更有不动声色的，也有全景式的，还有焦点的……无穷无尽。

小说有多少样式？我说，人类有多少服装，小说就有多少样式。我们搞文学创作的，在这个观念上一定要解放。小说是发展着的，它的样式无边无际，没有止境。艺术永远不会灭绝。艺术的魅力就是艺术是无止境的。

大家熟知的中外文学大师，都创造了各种样式的小说。比如巴尔扎克，他的大部分作品是比较严谨的现实主义小说（咱们叫批判现实主义），但是，他也写带点儿荒诞味道的小说，如《驴皮记》；也有带浪漫色彩的小说，如《沙漠里的爱情》。再如鲁迅，他写的小说不多，可样式很多，玩了很多花活，用了很多手法。他的小说几乎是一篇一个样式。例如《狂人日记》是一种样式，带着荒诞色彩；《祥林嫂》又是一种样式，这个小说就是很严肃、很庄重的悲剧；《古小说钩沉》则是一个寓言式的、讽刺的小说；而《伤逝》就带有契诃夫味儿，还带点儿屠格涅夫味儿。尤其是屠格涅夫，他创造了一种小说的样式。照我理解，屠格涅夫最善于写两种东西，一种是失恋，另一种是俄罗斯的大自然。他笔下的俄罗斯大自然大部分是阴天，非常阴暗，非常雄浑。他把他那失恋的美表现得非常雄壮。俄罗斯人表现失恋跟中国人不一样，不是死乞白赖地哭啊哭的，俄罗斯人把失恋表现得非常美。柴可夫斯基在失恋的时候曾写过一首钢琴协奏曲，他弹给一个朋友听，弹完之后，他问那个朋友："你说我写的是什么？"他朋友说："是海。"柴可夫斯基把头低下说："不是海，我失恋了。"他把失恋写得像海那样壮阔。屠格涅夫在表现他那种失恋的伤感的美的时候，他往往让主人公（大部分是男主人公）过了多少年以后又回到了那个地方，触景生情，他大部分是那么写的。鲁迅的《伤逝》恰恰是用了这套格式。契诃夫只有在《带阁楼的房子里》使用了这种样式，他的主人公过了若干年之后，又到了以前那个女的原来住的那个带阁楼的房子里去了。

我接待过一个叫高登的美国作家。他是美国一个很有名的小说家。我问他："你的小说主要写什么东西？"我觉得他讲得挺有意思。他怎么写呢？他听说谁家死人了，他就跑到人家去了，他跟人家说，我是作家，你家死的这个人一生中有没有什么事情，我想知道一下。遇到不愿讲的，把他当疯子给轰走了，有的就对他讲一讲死者过去的一些事情。他若觉得这个事情有点儿意思，引起他什么感触，或引起他什么思考，或者碰上了他心里已经成熟了的，对人生哲理某一种思考有结果的时候，他就来劲儿了，要来死者生前的照片，接着就写了一本关于死者的书发表出来了。他认为很真实，专门写这样的小说。在我们这里，一般管这个叫报告文学。前不久，黄宗英鉴于报告文学总惹祸,几乎写一篇惹一次祸,而且作家惹不起戴乌纱帽的,于是她想出了一个法子。她说,最好采访完之后,在写的时候换姓换名换地点,都换了,让他们想对号也对不上号。她想了个词儿,管这叫"非虚构小说"。实际上"非虚构小说"在国外叫"非小说"。"非小说"的小说,它也是一种样式。

我想把文学样式再扩大点儿讲讲。

我觉得,最近的文学正在向两个极端发展:一个是往"雅文学"("纯文学")、严肃文学上发展;另一个就是往通俗文学上发展。前者,例如大家所熟悉的作品,张承志的、邓刚的、张贤亮的,等等。特别是《绿化树》,大家看法不同。我认为这个作品是把现实主义、传统现实主义的手法发挥到了一个有魅力的地步。就是我们已经习惯了的,实际上是我们已经看腻了的,艺术感觉有一点儿疲劳的那种方式,被张贤亮又重新用作家特有的、我认为是很天才的艺术感觉和他那种非常难得的艺术本能发挥出来了。近年来,影视文艺的发展,正逼着文学去追求文学性,向"雅文学"(或"纯文学")上发展。日本的"雅文学"(或"纯文学"),就是在电影、电视普及之后,于最近出现的。有人担心影视文学的发展会影响文学作品的流通。照我看，不会的。为什么？文学可以而且已经开始向"纯文学"上发展，向追求文学性上发展了。要知道，欣赏电影、电视的审美过程是人家演什么，你就看什么，你完全被动地、机械地接受人家的表演。读文学作品却不同了。如读诗歌"枯藤老树昏鸦"，读者要去想象，这样，作家就调动你的感受，调动你的审美，调动你的生活积累，调动你的情感，跟作家一起再创造。这也就是文学的文学性表现得最突出的地方。再说通俗文学的流行。因为现在广大农村的确是富起来了，农民对文化的要求普遍提高了，增强了。通俗文学，正好适应我国农民现有的文化水平和欣赏水平，所以，通俗文学就流行起来了。前不久，武汉的农村读物出版社办了一个刊物，叫《中华文学》。据出版社一位同志说，要是敞开发行，印一百万份发行出去一点儿问题没有。天津办的《影视文艺》把香港武侠小说作家金庸的《书剑恩仇录》（也叫《书剑江山》）和他的《金蛇郎君》这两个作品登出来了，靠这个在天津就销售了八十万份。这使所有严肃的文学、打着很高招牌的刊物，包括《人民文学》，简直望尘莫及！文学往两个极端分化的趋向已经特别明显。而通俗文学提供的样式就更多了。这里不能一一细讲。

上面我说了这么多的小说样式，意思就是提醒大家，不要把小说看得很简单，以为就是那么一种或几种样式。我们搞创作的人，必须去熟悉去研究各种各样、不同种类、不同样式的小说。在你进入创作过程的时候，你对要给自己的小说以什么样的样式，应该是十分清醒的。就你这个题材，你是把它写成正剧，还是悲剧，你是给它一个日记体的，还是写成抒情散文式的，或者写成戏剧性的，你首先应该非常清楚。当代小说的最大特点之一，就是作家运用技巧和决定它的样式，是有充分的自觉性的。在契诃夫写《草原》的时候，他并不是对于要把它写成情节淡化的小说这一点很清楚，那时也还没有"情节淡化"这个词儿。作家当时只是为了使作品不留人工斧凿的痕迹，使之一如生活本身那样自然，作家就自然而然地不让小说的情节过强，削弱了它的情节性，他是这样把情节淡化了的。我们当代小说的这一特点就不同了，我们可以非常清楚地预先决定把它写成情节淡化的小说，如《迷人的海》就是这种情况。

所以，我们写小说要在动笔之前，先把你给它一个什么样式定下来，犹如请客，你是给人家上川味菜呀，还是上广东菜呀……上哪个菜系的菜，是必须首先定下来的。

下一个题目讲：小说的基调。

二　小说的基调

小说作者在落笔之前，首先要考虑作品写成个什么调子——它们或者是浓烈的，或者是甜蜜的，或者是忧伤的，或者是苦涩的，或把它写成"男子汉气"的（现在文学界不是有人很强调所谓的"男子汉气"吗？——这阳刚之气，就是要写出那么一种独特的"男子汉味儿"，像拉夫列尼约夫的《第四十一个》，像《二十二条军规》的那个味儿），或者，就干脆把它写出个"女子文学"的味道来（像石家庄就办起来个《女子文学》的刊物）。总之，作品要写成个什么样的基调，一定要事先把它定好，不能中途随便地就"串"了"味儿"。否则，作品就非得失败不可。我们当代小说的一个很大的特点，就是充分注意总体的把握和总体的构思。我们一些业余作者写的作品，则往往对此注意不够。比如，最近我看了一个刊物上的作品，便有这感觉。有些作品，写得还是很不错的，但大都是开头挺好，蛮有味道的，读着读着那"味道"就不知跑到哪儿去、串到哪个音上去了。其毛病，大概就出在落笔前，还缺乏一个总体的构思。因此，在创作中，作者一定要有意识地控制它，充分地注意总体把握。

去年，达式常到北京去，拍我那个《走进暴风雨》的电视剧。我便趁这个机会，邀了陈建功、郑万隆、李陀几位与达式常同志交流了几点意见。我们曾经谈到，一些中外影响较大的演员（如日本的高仓健和中国的潘虹）为什么能赢得那么多的观众？其原因何在？就以潘虹在《人到中年》里演的陆文婷为例，从头到尾，她就贯穿了一个总体的认识，有一个总体的把握——那就是十足的"疲倦感"。由于她把握了这么一个调子，所以自始至终，她总像多了一层眼皮似的，眼睛总是睁不开的样子，给人的印象极为深刻。现在我们如果闭上眼睛，脑海就依然能浮现出陆文婷的疲倦。

所以说，小说的总体把握要非常清楚、十分自觉，作者定下的调子要紧紧地把握住。这正如我们画一幅工笔画，总不能画着画着，突然又来上一笔写意。果真如此，那么写意这一笔非是败笔不可。试想，如果有谁在用工笔画一幅"仕女图"，可又突然在仕女的脸上又写意上那么一下子，那么，这仕女便非得立刻变成了一个小花脸不可。所以，工笔画就是工笔画，写意画就是写意画。小说的基调也是一开始就应该定下来。

下面讲小说的容量。

三　小说的容量

有人说，短篇小说容量小，都是很短的东西；中篇小说都是适中的题材，适中的容量；更多的东西，那就只有写长篇。这话从某种意义上讲是对的，但要从另外一个角度来讲又是不对的。有时，一个很广泛的内容，可以写一个很好的短篇。为了说明问题，我想结合具体例子谈一下。

苏联有个作家叫拉克莎，她写了一篇叫《树后面是太阳》的小说，很短。写的是苏联战后的一个孤儿院，里面有很多孩子都失去了父母，那些打完仗失去孩子的男人和女人便到这里来领孩子，以重新组成新的家庭。小说是这样开始的：保育院院长对坐在对面的一位失去一只胳膊的退伍军人说："已经跟你说了，这男孩子身体不好。"退伍军人说："我也已经跟你说过了，只要是男孩子就行。"接着他告诉院长，他曾有过一个女儿，被德国飞机炸死了。战争中他曾想打完仗要领一个女儿回去，可战争结束后，不知为什么他特别怕女孩子，不敢要个女儿，倒想要个男孩儿，他怕要女孩儿后再想起以前那个女孩儿。她这就写得非常棒，实际上是写了退伍军人的命运这一条线。短篇小说是各种线的交叉点。她把这个人的命运缩成那么短，插到这个地方上。退伍军人又问那个男孩子叫什么名字，院长说："叫阿列克，这儿的男孩子都叫阿列克。因为孩子们来时没有名字，照看他们的男保育员叫阿列克，男孩子们就也都叫阿列克了。女孩子们都叫娜塔莎，因为女保育员叫娜塔莎。保育员阿列克也在战争中被炸死了。"这样就交代了保育院的经历，也是很感人的！这一条线也交叉到这个点上来了。这时小说开始出戏了。门开了，走进来一个很枯瘦的小男孩儿。一帮小男孩儿、小女孩儿的脸立刻把窗户堵上了，有的说："但愿是他的爸爸。"因为经常有领错的。有的说："可惜他爸爸掉了一只胳膊。"小女孩儿说："如果我爸爸来，他没有胳膊我也高兴。"这样，作家又把孩子们的命运这条线写了出来，也交叉到这一点上。小男孩儿进来后很紧张，退伍军人也很紧张，都怕对方不认自己，院长也很紧张，怕认不成伤了孩子的心。在这种紧张的情况下，退伍军人同小男孩儿开始了谨慎的对话。退伍军人问："你记得咱们家那个屋子吗？"他感到问得很聪明，因为谁家都有屋子。男孩儿说："我记得屋子很大。"他又问："你还记得屋里有一个窗户吗？"他又觉得自己问得聪明，因为谁家屋子都有窗户。小男孩儿说：
"对，有一个窗户，那窗户也很大。"他又问；"窗户外面
呢？""窗户外面是树。""树后面呢？"小男孩儿把眼睛眯
起来说："树后面是太阳。"退伍军人和院长忽然都感到有一
种温暖。退伍军人沉浸在过去和女儿在一起的岁月里，他说：
"我过去好像还教过你一支歌。"于是小男孩儿就唱起一支很
古老的民歌，其实这支民歌是谁都会唱的，歌中唱道："我认
为你已经把我遗忘，但今天你来了，你来了，你来了……"院
长和退伍军人跟着唱起来，三个人一边唱，一边流着眼泪……
就这么一篇小说，非常漂亮。拉克莎的这个作品，就是把几条
线交叉在一个点上的。

　　我们往往认为很短的东西才能写短篇小说，我们又把这
很短的东西单摆浮搁，这样的短篇小说不可能写得深。好的短
篇小说，它应该是几条线交叉：人的命运的线、故事的线、情
感的线，交叉在一起，在那个交叉点上提出最闪光的东西来，
提出最凝聚的、最有魅力的东西来。这是短篇小说，是真正的
短篇小说，是真正有魅力的、有艺术性的短篇小说。这样的短
篇小说，它的容量绝不是很淡的，而是很浓的。它可以写得很
淡，但它是很浓的。所以我说，长篇小说是面，中篇小说是

线，短篇小说是点。短篇小说要写好，就要找准这个点，这个
几条线交叉的点。怎样找准这个点？我在第四个问题"小说的
眼睛"中讲。

四　小说的眼睛

文有文眼，诗有诗眼，戏有戏眼，小说也有小说的眼睛。
就短篇小说而言，优秀的短篇小说应该是几条线的交叉：人的
命运的线、故事的线、情感的线……它们应该交叉在一个能提
出最凝聚的、最有魅力的、最闪光的东西的"点"上。那么这
个"点"，就是短篇小说的眼睛。

由于小说的种类不同，小说的眼睛也不一样。比如情节
性的小说，它的眼睛往往是一个最关键的情节。邓友梅的小说
《寻访"画儿韩"》，它的眼睛是安在"画儿韩"把别人作的
画烧掉了这个情节上的。画烧了，所有的悬念都押在这个情节
上了。这个情节就是解开此后所有情节的一个点。这个点，便
是这篇小说的眼睛。还有的时候，一篇小说是用一个细节做眼
睛的，像莫泊桑的《项链》，欧·亨利的《麦琪的礼物》就是
这样。有的小说细节非常绝，非常精彩，如契诃夫的《哀伤》

这篇小说，写的是马车夫拉着他的患病的老伴儿冒着大风雪去县里看病。马车夫一路上对老伴儿唠叨着："我一辈子太对不起你了，老喝酒，喝醉了就打你，没让你过上一天好日子。这次我保证把你治好，回来后我得好好地对待你，好好地侍候你……"马车夫一边说着，雪一边往他老伴儿的脸上落着，落上一点儿融化一点儿。说着说着，他又回头看看老伴儿，见落到老伴儿脸上的雪已经不融化了。小说到这儿就结束了。契诃夫把小说所有的最关键的东西都押在雪花落到老婆脸上不融化了这个地方。老婆已经死了，脸上没有温度了——这是一个多么奇妙而精彩的细节！契诃夫真是一个短篇小说大师，他多会使用细节啊！雪花落在人们的皮肤上会融化，落在衣服上就不融化，这么一个简单的、细腻的、常见的细节，却变成了这篇小说的眼睛、关键的地方、人物悲剧的所在、撞击人心扉的一锤！真是点睛之笔！契诃夫善于运用这样的细节做眼睛。作家是要善于发现细节的，这细节又必须是独特的。我一直认为，小说的情节你可以编，但细节你是绝对不会编的，细节是从生活中观察来的。电视剧《血疑》中大岛茂那个演员有一手最绝，就是哭。他哭的时候使劲儿睁大眼睛，这样就把眼泪拉长了，掉不下来，以此表现大岛茂那很强的男人的刚毅的个性，不愿意掉泪。这个细节不是导演教的，也不是别人用过的，而是他自己在生活中观察来的。

有时，对话也可以用作小说的眼睛。如美国小说《爱情故事》，它的男女主人公在一起最有感情的时候，就反复说那么一句话："爱，就是从来不说对不起的。"作者认为这句话很有嚼头，就用它作为打开男女主人公之间特殊感情的一把钥匙，并且以此作为小说的眼睛。

哲理小说则用一个哲理作为小说的眼睛（我喜欢叫它"闭眼睛小说"）。哲理小说最忌讳把道理真说出来。你闭着眼睛让人猜你的心思，那是挺不错、挺有味儿的。可你这时忽然把眼珠子一瞪，让人一下子就看出你不过如此，那就兴味索然了。有一篇苏联小说，写一个男主人公在下雪时被埋在雪底下了，他在雪底下想：我是吹小号的，我那乐队没有我还怎么演奏呢？他很着急。他又想：哎呀，我住的那个房子，我若不去，那房主该怎么办？她收不回房租，一个人多寂寞呀！他又想：我离婚的那个老婆领着个孩子，孩子没有爸爸该多么可怜啊！他在雪里就这么想着，想了好几天他也爬不出来，都快饿死了。忽然，雪塌落了，他出来啦。出来后，他赶紧填饱了肚子，缓了两天，就回到莫斯科。到莫斯科时天色已晚，他马上先到俱乐部去，他认为那俱乐部准是暗淡的、没有音乐的、枯燥的、寂寞的、冷清的。可他还没到俱乐部，很远就听到里面音乐大奏，而且非常悦耳，还有跳舞的声音。他进去一看，那乐队在照常演奏。原来人们都以为他死了，又找个吹号的来，比他年轻。再一听，那小号吹得比他棒得多。他很失望，又到他的住所去了，想看看那个房东。路上他想，那房东的屋子一定是黑着灯，房东老太太见到他，一定会哭着拥抱他、吻他。结果还没等他敲门，他忽然看到他那屋子亮着灯，他趴窗户往里一看，那么多人！怎么回事呢？原来房东老太太的孙子没有房子结婚，人们都以为他死了，就把这房子收拾好了，现在里面正搞结婚典礼，吃蛋糕，互相祝贺呢。他非常怅惘，想起孩子，就去找孩子。他喊孩子名，孩子就跑出来，因为孩子很多年没见到他了，就问："你是谁呀？"他说："我是你爸爸。"孩子说："你是我哪个爸爸？我以前有一个爸爸，但我没见过他，现在我妈妈又要找一个，但我这个爸爸还没来呢。你是哪个爸爸呀？"他又非常怅惘。小说的主人公最后从这环境里走出来了。这小说有一个意念，不是概念，是一个哲理。这个哲理就是这篇小说的眼睛。但这哲理需你慢慢去找，去咀嚼。因为哲理小说的眼睛，是需要闭上的。千万不要忽然眉清目朗地睁开，或是金刚怒目地睁开，直对着读者，使人一目了然，那就未免太煞风景了。

下次讲小说的角度。

五　小说的角度

下面我讲一下小说的角度。写小说，总要有一个角度。比如第一人称，第一人称是以你自己来表达思想感情的；如果用第三人称，你的思想感情就要通过人物来表达。写小说，你总要找一个自己认为适当的角度。有的小说的角度很有意思，像《白比姆黑耳朵》，是通过一个狗的角度来写的。作者把自己变成一个狗来叙述这个故事，很奇特。

搞摄影的人非常注意角度。有的人正面很上相，有的人正面照出来就不好看。比如一个人是高额头，鼻子是希腊式的，他可能就照他的侧面，假如他是塌鼻梁，他就不会照他的侧面。他要找最能表现一个人的特征，又最能把他的美体现出来的那样的角度来拍摄。

同一角度，给人的感觉也不尽相同。一只帆船由近而远地开走和一只帆船由远而近地开来，给你的感受会各异，当船向远处开走的时候，你会觉得你的心，或者某种感觉，或某种情绪被带走了，你内心的境界一下子舒展了；相反，一只船从远处开来，你总觉得它给你带来了什么，会有一种相逢、相聚的感觉。

泰山有一个地方叫傲徕峰，从南开门往下看它，矮矮的，就像一根笋插在那儿。可是如果换一个角度，从邻近的山谷里看它，它就显得非常高，一层一层都是松树，仪态万千，非常有气势。你看，角度不同，你的感受、你的感觉就会完全不一样。

所以，你要写一篇小说，你是站在女主人公的角度用第一人称写好，还是站在男主人公的角度用第一人称写好？（假如他们之间有爱情的话）你就必须考虑，用哪个角度调动出来的东西越多，你就使用哪个角度。你在用什么角度的时候，不要把文学作品、艺术作品当作一个机械的东西，仅仅当作一个客观的对象，你还要把它作为一个感觉的对象，角度往往就是感觉它。你从你的角度看问题的时候，你就应调动一下自己的感觉。所以写小说应该有一个模特儿，当然这模特儿不见得要影射谁。你有一个模特儿之后，他的音容笑貌、他的血肉、他的呼吸，你就可以直接感觉到。另外，你在生活中还要善于感觉。这个感觉在文学的要素中是非常重要的。小说的真实取决于你感觉的真实，文学应该有什么样的感受？雷马克写了一部作品叫《生死存亡的时代》，里边有一个情节非常棒，比如出于一种什么原因，你要离开一个地方了，人家去站台送站，你说再见，大家也说再见，那个气氛挺好，感情都表达出来了。可这时火车忽然误点了，误点三十分钟。你没走，送你的人若先走了，不合适，于是大家一起在这儿待着。要等三十分钟，你跟人家说些什么呢？这时的滋味非常不好受。雷马克就运用这个细节写了个情节，他写了一个在前线打完仗的士兵，从前线回来在汉堡遇见了一个女孩子，叫伊丽莎白，她家里什么人也没有了，他们之间有一段非常浪漫的爱情故事，然而士兵是在休假期间，他还必须回到前线去。临分别时，他们一边往车站走，一边说了很多有趣的道别的话。上了火车，他挨着一个下士坐下了。下士很瘦，车窗外站着他的老婆和三个儿子，他伏在车窗旁和老婆儿子说话。这时火车就要开了，在这一瞬间，下士忽然从车窗里探出半个身子去拥抱他的老婆，然后吻了她一下，说他一定会回来，一定会活着回来。这时警铃当当响了，广播说苏联的米格飞机在前边轰炸，火车估计还要三十分钟后才开。火车突然不开了，下士顿时跟他老婆无话可说了。你想，多亲近的人到这时候也会没话的。半晌，下士才说：桌上还有一块面包你别忘了。他指着最小的孩子说，你别忘了给威廉吃。给他，都给他。他老婆说，你已经说了三遍了。他又发一会儿愣，看看别人，下意识地朝那人点点头，想了想又说，哈克（指他的朋友）的帽子我把它挂在门后头了，他明天来的时候你让他拿走。他老婆说：这个你也告诉过我。他们都有一种非常尴尬的心理，作者写得非常棒。这时，火车又提前开车了，车身一晃，这一瞬间，下士觉得把他一生中最珍贵的机会全部耽误了。他几乎把整个身子都探出来去拥抱他的老婆。火车慢慢启动，他老婆的身子被他抱得离了地。他老婆说，你放开我！他所有的儿子都哭着跟车跑，就在这时，那个士兵忽然从下士瘦削的肩膀上边，看到在站台四方水泥柱后边站着伊丽莎白，士兵也忽然感到，他一生中最珍贵的机会再也没有了，那时士兵上战场就可能死。他就拼命地抓住下士，喊：你躲开一点儿，我的妻子！下士就好像把住自己的生命之门一样，牢牢地占据着那个窗口，然后他使劲儿地给了那士兵一脚，那么瘦弱，一脚却把士兵踢躺下了。士兵起来，使劲儿扒住那个下士，下士根本没有理他。下士的老婆还在喊：你放开我，你要拖死我吗？这时，士兵把手从下士的肩膀上，在窗框中间使劲儿地伸出去，拼命地摆手，他喊：伊丽莎白！火车从一个高大的建筑物旁边拐过去，所有的视线都断了。士兵心想，伊丽莎白在那一瞬间，肯定看见了他那只摇动的手，但他不知道伊丽莎白是否认为那只手是他的，而不是下士的。这个细节运用得棒极了。他把我们每个人在生活中都有的那种感觉拿出来写小说，他的角度、他的感受就极不一般。一个艺术家，尤其是一个天才的艺术家，他的才华正表现在他的艺术感觉上。

下次讲：小说的空白。

六　小说的空白

我们把小说写在纸上，而在纸上的小说之外是不是还有东西？一般没有经验的作者往往把自己想的东西尽可能都写在纸上，这样就很不容易给别人留下想象的余地。针对空白问题，我想讲一件事情。我有一个亲戚，是个老太太，这个老太太的儿子、女儿、女婿在"文化大革命"初期全给折磨死了。那时不能告诉老太太，大家就骗她，说他们去新疆了。由于"文化大革命"把人搞到什么地方的都有，老太太就相信这话了。一开始，大家给她造假信，老太太当时已八十岁了，也不太敏感，她也不看邮戳。其实这信都是在北京发的，用的也是四分邮票。信来之后，有人就用障眼法，连邮票都扯下去，然后给她念。实际上信都是家里人给她写的。日子长了，看到别人都落实政策了，老太太偶尔也会问起来，大家就用各种办法来支吾她。时间再长了，她的外孙子从塘沽落实政策回来了，把家里的东西也都带到老太太这儿来了，按说老太太应该完全清楚了。这段时间里，大家谁也不提这些，生怕露马脚。非常奇怪的是，老太太也不问了。不但不问，而且对那个孙子特别好，一直到她九十四岁故去。老太太故去，却给我及其他家人的心中留下一块空白：老太太到底是知道，还是不知道？于是对于她心中隐藏的痛苦，对于老年人故意装糊涂以平衡内心情感，你就尽量去猜测吧，越猜测越丰富。这就是空白。在人生中、在社会中、在时代里，凡是你不知道的地方，都是你想象力可以发挥的地方，都是有嚼头的地方，都是你可以补充的地方。所以写小说，你要学会留一块空白给读者，不要一览无余。

怎样留空白，也是一个问题。有一个作者写了一篇小说，这小说的故事非常棒。他写了在内蒙古有一个山的山口，有一个老头养了两只羊。这地方风非常大，老头就老想砌一堵石头和白灰垒的墙挡风。垒了一多半儿，白灰没有了，但石头还有，这时来了两个跑单帮的，他就跟人家说想要四百斤白灰。那两人说："你得拿东西咱们交换啊，给钱也行。"老头说钱不多，可以拿东西换。问他们要什么东西。那两人说我就要你那羊羔的羔皮。这老头儿养了一只母羊，下了两只小白羊，两只小羊天天跟母羊在一起，而且天天跟两个孩子似的跟母羊嬉闹。这老头心里就动了一下，但他想总要垒一道墙挡风啊，就答应了。那两人说定十天后把白灰送来，就走了。于是晚上，老头趁母羊睡好以后就把小羊牵出去宰了。宰完以后，他把羊皮钉在垒完的那半截土墙上。第二天早晨起来，他发现一个使他非常吃惊的现象，母羊正在舔那个钉在墙上的羊皮，好像母亲在那儿抚摩孩子的头发和脸蛋一样。他的心悸动了，他不忍看这母羊在那儿不停地舔那小羊皮，而且把它一直都舔湿了。老头儿就赶这羊，可赶完后母羊就又回来。最后，他趁母羊出去吃草的时候，把那钉子拔了，把羊皮卷起来塞在铺底下。他认为事情也就完了。可第三天早起一看，那母羊在舔那墙呢，因为那墙可能还残留着它的孩子的气息。老头怎么轰也轰不走，最后母羊的舌头全破了，把那墙舔出两个大红的血印儿。写的就是这么一个故事，我认为很好。可作者把主要力量都用在写老头看完血印如何后悔，如何痛苦，如何给羊很多草料吃，如何跟卖灰的人说他不买灰了，墙也不再垒了……他写了很多。我感到作者没有留下供读者想象的空白，这是这个作者不成熟的地方。我觉得处理这个作品，只一笔就够了，只要它那块血印，然后再写一笔，过了十天以后，这俩跑单帮的商人用驴驮着四百斤白灰来了，到这山口，忽然发现这老头儿房前出现了一个非常奇怪的景象：那半堵墙没有，一地全是石头……我觉得这就足够了，其余的全给读者去想，这就是小说创作时要留下的空白。写小说应该在构思的过程中把不该要的地方全不要。米开朗琪罗说过："什么是好雕塑？好雕塑就是把不要的部分全去掉。"怎么样才能把不要的部分去掉，这个需要功力的。

还有一种小说中间不留空白，而把空白压到结尾。短篇小说最难写的实际上就是结尾。我看到有的刊物上的作品，开头都很好，但结尾越写劲儿越弱。我曾经遇见一个做川菜的老师傅，我跟他说："你的菜做得真棒，你能不能告诉我你有什么诀窍？"他说："我这菜的诀窍就一个，就是最后那一碗汤好，菜好坏无所谓。我前边菜再好，最后一盆刷锅水上来了，结果你不仅胃口完全倒了，出门还得骂我，我的头菜再不好，但就那碗汤使你感到余味无穷,你就会老惦记我这桌菜。"我觉得他这话道出了某一些文学的道理。小说的结尾非常重要,结尾要给人留下余味。余味就是把空白那一部分,把人们想象的延续留给读者。你应该考虑把读者拉到小说里来,跟你一块儿去享受,痛苦也跟你一块儿痛苦,欢乐也跟你一块儿欢乐。你要相信你的读者的想象,通过前头那一段儿引导,他进到情节里之后,他自己就会跟着你走,到差不离的地方你就别死乞白赖地拽了,就"十八相送",非送到头不行,你留一点儿地方,让他自己也休息休息,让他自己再创作去。

七　小说的境界

一个文艺作品,我觉得最难达到的就是境界。有的小说气氛很容易达到,但境界要达到则很不容易。气氛可以感染人,甚至使人流泪,但境界却不仅仅是使人流泪为止。

那么,这个境界是怎么造成的呢?

首先,必须要用艺术的情感去感受生活。我外出最喜欢做的一件事就是把录音机带出来,还必须带上耳机。我觉得有时戴上耳机,听着音乐,再看外面的风景,感情全变了。有一次我戴耳机听《秋天的音乐》这支曲子，我就觉得火车外面的那些风景忽然也变了。当时是九十月份天气，阳光已经不那么热了，夏天的骄阳已把空气中的水分抽干了，云彩显得非常轻，水也非常澄澈，非常亮。我忽然感到了秋天的这种舒服和明朗，我感到美得要命。忽然，我又觉得有种莫名其妙的忧伤，实际这是音乐给我的。在我眼前，忽然又出现了我上中学时的一个情景：我母亲跟我说话，她坐在窗前，外边风吹着她的一根头发在立着摇，是根白头发，我觉得特别伤感。因为我从来没看见她有白头发，这是头一次看到，就一根儿，我想把它摘掉。而这时的忧伤又勾起了那时的忧伤，这大概也是意识流吧。过了一会儿，我在音乐里听到铜号在响，我又感到一种富丽，我感到秋天是富丽的。这时，我对面坐着两个老人在那儿说话，两个老人的头发也都斑白了。我觉得两个老人也像人生的秋天一样，他们也到了秋天的季节里了，到了人生的秋天。他们已经把精力、时间、最旺盛的生命都贡献给工作，贡献给人类，贡献给我们这些人了。我觉得这两个老人非常可爱。于是，我就冲他们点头，他们也很客气地跟我点头。我觉得美得要命，我就想跟他们说话。把耳机摘下来后，我再仔细听一听老人们在谈什么。原来他俩在谈离休以后的房子问题呀，谁想顶替他呀，哪个人他又看不惯呀，等等。我听了以后，就觉得跟我刚才的感受不一样了，就赶紧把耳机又戴上了。可我再看外面的风景，却什么都没有了。我想谈的就是感受，说明的是你要创造出一种艺术境界，必须用艺术的情感去感受生活。

创造艺术境界，还需要我们对普通生活进行提炼。俄国十月革命时那些作家，他们就善于把那时"契卡"穿的皮夹克、子弹带、上了枪刺的长枪、俄罗斯式的苏维埃水兵，还有那些贴标语的大圆柱子、老"娜塔莎"们戴着的那些方头巾组成十月革命的味道，让人一看就知道是十月革命。我们也有些作家，把五四运动提炼出来了。五四运动时那种旗袍，那种男人穿的大褂儿，长围脖往后一甩，中分印儿的分头，警察用水龙头浇得学生浑身都是水，也构成了五四运动给人的一种特有的境界。在我们周围生活中，要把那些普普通通的生活提炼成艺术的境界，使人看了以后就会感受到的那个境界。老舍先生就有这种本事。他就能把普通的生活变成这样的境界。他把北京的四合院儿、黄包车、叫卖声，构成一种北京特有的风韵。各地方都有各地方的味儿。我们天津那地方的味儿也很足。天津老城里的住家也是四合院儿，一推门先是八仙桌，一对暖瓶，中间有个镜框子，里面一般都搁四五十张照片，老少三代的、支边的、参军的，都搁在一个镜框里。每天早晨，都有一个大姑娘穿着紫红绒裤，系着大红的腰带，然后拿个暖壶，带着眼屎，在马路边儿烫尿盆儿。这是典型的天津式的市井风情。那么，黑龙江是什么味儿？在我们生活中，能够把什么东西提炼出来，最后变成讲起来能够有魅力的、有生活气息的那么一个境界来？这一点，我们要思考，要努力把它提炼出来。

八　时代·艺术·信息

最后我想讲三个问题，时代，艺术，信息。我们搞文学的同志要研究这三个问题。

要研究时代。国文同志曾在《文艺报》上发了一篇文章，说作家要和时代同步。我觉得文学艺术和时代的同步，不应是在表面上的同步，而应是在更高层次上的同步。比如你写历史小说，像邓友梅的《那五》《烟壶》，也是和时代同步的，因为你是站在今天的时代高度上思考历史题材的，你不是古人写历史题材，你有今天的审美观，你有今天对于时代的思考，你是站在今天对现实的思考上来思考过去，你就是跟时代同步。这同步不是简单的同步，不是一写改革就和时代同步，不是把政策中关于改革的那部分拿出来我再写改革就是同步，你要是这么简单地、直接地、孤立地来写改革，我想我们的文学将来还会走上过去的那条"写中心，唱中心"的弯路上去。时代是广阔的，时代是变化的，时代是复杂的，时代是多元化的，是多样性的，因为我们的时代跟以前的时代究竟是不一样的。时代往前发展，生活总是变得越来越复杂，我在今年夏天曾和王蒙、友梅几个去了一趟宁波的天童寺，听一位老和尚讲寺里的历史。当时有个情景我觉得非常有趣。这老和尚穿的是那种玄色袍子，乌靴净袜，举止非常古朴，坐在明式的高椅子上，脚下踩着长着青苔的方砖，秃头顶的上边却挂有三种灯，一种是庙里的老油灯，一种是塑料做的宫灯，还有一种是西式的三个叉的喇叭花筒形吊灯，老和尚跟我们讲庙里五百年的历史，身后就是一座日本旅游团赠送的电子钟，每隔一刻钟就来一段《圣母颂》。我就觉得非常奇怪，这么不协调。我想起前年上峨眉山时，看到在庙里供桌上贴着一张字条，上面写着四句话："重点文物，禁止拍照，佛门重地，五讲四美。"把我们时代的各个面糅在一起了。七月份我去北戴河开《小说家》杂志的笔会时，曾参加了一个农民举办的舞会。这个农民想赚钱，他看小青年们很想跳舞，就弄两间房子，在土屋里旁边摆上木头条凳，大碗茶往那儿一放，别的什么也没有，门一开，两块钱一张票，还真有来跳的。那个农民就跟放羊一样，在那儿一边抽着烟袋一边看跳舞。我讲这些是想说明：我们这个时代是非常有趣的，是一个非常复杂而又充满了新希望的时代。我认为，我们的社会毫无疑问是向前发展了，而且是充满了希望地向前发展的。那么，我们就要研究我们的社会，必须是敞开了研究，所以我的一个观点是：我们面对着开放的时代，首先应该开放我们自己。同样，我们对于文学的观念也应该是开放的，我们的时代，现在变得活啦，我们的文学也要变得活起来，我们的大脑也要变得活起来，这样，我们的生活和我们的文学才能统一起来，才能一致。

要研究艺术。我认为艺术变得复杂了，我们对于文学的要求也应该是复杂的，我们应该从更高的层次上去认识它。我曾看到一张法国的艺术摄影照片，我认为是非常棒的，艺术摄影跟我们小说有共同的地方，所以我举这个例子。这张照片是一位专门拍现代化大城市的现代感、现代美和现代诗意的摄影家拍的，照片上拍的是汽车的挡风玻璃，因为是在夜间，车里是黑的，只能看见一个舵轮，开车的人没在，可能是与朋友相聚去了，或是玩儿去了，或是到什么地方去了。远处的灯在挡

风玻璃上照出黄的、绿的、蓝的几个模糊的大圆点、光点。照
得比较绝的是：由于下着秋雨，雨水在玻璃上被灯光一照变成
一个个非常清晰的水珠。而最绝的还是：经秋风一刮，有很多
树叶落下来，贴在挡风玻璃上了。有的叶子已经枯黄，失去了
它过去生命的年华；有的叶子半绿半黄，是中青年吧；还有的
是很小很小的绿叶子，它可能刚长出来，但也在大自然的规律
中早落下来了，它不可能像别的叶子一样在阳光下闪耀，在风
声里喧哗，听各种鸟儿啼叫，它已经没有这种幸福了！于是，
这些叶子就使你感到是一张一张人生的面孔。这本是个很普通
的画面，但摄影家捕捉到了它，把它变成了艺术品，把自己对
各种事物包括对人生的认识，对生活的理解融会进去了。所以
我说，艺术在不同的档次上都有自己的高度的，你要在这高度
上比较。邓刚前些日子跟我讲了一句话，我认为很对。他说：
"现在小说越来越难写了。"为什么呢？因为小说的各种样式
人们现在都在探索，你总不能再重复别人写过的那些东西吧？
你对生活有了新的发现，那你总得找一个新的表现形式吧？你
也总得找一些更合适的表现语汇吧？更何况我们现在的时代艺
术语言也发生了很大的变化。整个时代都在变化，人们的审美
趣味、审美形式、审美方式也在变化。我希望对这些问题，大

家都要思考。

　　要研究信息。现在是信息时代，比如看电视，一个台、一个波段还不够，现在是全信息的时代，应该有全波段，不仅能收到齐齐哈尔台，要收到中央台，还要收到其他省市台。咱们现在就怕信息来得少，来得迟。由于咱们传统的习惯势力非常大，新的东西一进来，很快就被消化了，尤其是创作更是这样。有时你有新的想法，把它写了，拿给别人看，别人说这是什么呀，你改改吧。改了拿给编辑部，编辑部一看不习惯，你再改改吧，改来改去，又跟原来一样，这种情况是经常有的。我在天津听说这样一件事：一个工艺品厂主要是刻青田石和玉根石的小龙，过去这玉小龙二百元一个，在香港和东南亚地区很畅销，后来不行了，工厂每况愈下。一天一个小伙子在仓库里发现了一块大石头。这石头奇形怪状，小伙子看入了迷。他从中看出十八罗汉来，有的发怒，有的喜笑颜开，有的昏昏欲睡，各有自己的形状和表情。第二天他跟领导说想搞十八罗汉的随形雕，领导说可以研究研究。研究时，有人说，我看不像十八罗汉，像百花齐放嘛；有人说，我看像桂林山水……大家七嘴八舌。领导没主意啦，就请来一个老师傅。老师傅看了半天，把那十八罗汉的地方又看成了十八条龙，小伙子为了实现创新的想法，搞个大型的随意雕，就硬凑合老师傅，说咱们就搞个群龙图吧，我设计。于是小伙子就把十八罗汉改设计成十八条龙，雕了出来。供销部门来人一看说不行，这么大块石头往香港运，路上"啪"地碰掉一个，这一件就全完了，这笔损失多大呀。结果最后研究决定，用锯锯开，又变成了十八条小龙。我们很担心、很怕的就是，一个什么信息经过不断地打折扣，用传统的力量把它抵消了，最后又回去了，这也是我们搞改革遇到的困难之一。所以，我很希望我们搞文学的同志能有一种雄心，夸张一点儿说要有一点儿野心，就是一定要搞出自己的东西来。为此，我们要注意，要研究全国文学和世界文学发展的新信息。现在京津一带有些作家在考虑他们作品的时候，都想：我这作品拿到世界文学上去比较一下会怎么样。我在上海开会时跟王安忆他们讲：在一九七九年、一九八〇年写作品时，有了激情，有了感情，有了故事就可以写了，是凭直觉写东西；后来又过两年，人们思考了，我为什么写这东西，我要写点儿经验，写点儿教训，这是进一步了；现在是到了第三步。我们有的业余作者有一个想法，写一个东西，以写出来为目的，这样是不行的。我们不能小手小脚，我希望大家都能在一个高度上、一个基点上来思考问题。

小说中是没有配角的，哪怕他只露一面
——《单筒望远镜》的写作秘密

小说家的写作是一个秘密，这秘密不是不说，而是没机会说；一旦吐露肯定会有一些快感。

一

我很久没写小说，一部小说放在心里三十年最终还是写了出来，说明它非写不可。这原因，一个是小说的人物早就活了，我不写，他们纠缠我。小说家一定要叫他心里的人物"横空出世"的，这是一种创作的本能，也是本质。另一个原因是中西文化关系这个问题，一直为我所关注。

所以我说写这部小说：既是我一定要写它，也是它非叫我写它。

二

　　使我产生这些思考的，除去因为我的城市天津是庚子事变的主角，还由于这座城市独特的空间构成——它使我对于那个时代的中西关系充满想象。

　　旧时的天津一分为二：一半是老城；一半是各国租界。一半是地道又深厚的本土文化，一半是纯粹的西方文化，这在世界恐怕也是独一无二。同一城市，两个世界，人种、语言、面孔、器物、生活方式以及城市形态迥然相异，蔚为奇观。在租界开辟的早期，这两个世界中间还隔着相当辽阔的旷野，彼此很少往来，相互充满好奇，还有各种猜疑与误解。种种匪夷所思的故事一直充斥在这城市，我听得太多了，包括我这部小说的故事原型。虽然天津和北京几乎是一墙之隔，但在北京绝对听不到。它是我得天独厚的财富。

　　这一对异国的语言不通的年轻男女之间偶然发生一段离奇的情爱故事，必然会产生种种异文化接触的火花，正好给我用来表现早期中西文化之间的突然碰撞。

　　为了强化这部小说特有的文化内涵，我还增加另一组在文化性格上截然不同的两个人物：庄娴贤与莎娜。虽然在小说中她们没碰过面，甚至谁都不知道谁，但是她们在读者心里会明明白白：一个是中国传统文化、儒家文化养育出来的淑女，贤惠、温婉、知性、忍让和自我约束；一个是西方文化的产儿，自由、真率、开放、无拘无束。我让这两个不同的女人都与主人公欧阳觉恩爱交加、命运纠集、生死相关，以使小说的深层也蕴含着文化冲突。

我喜欢我这两个人物，喜欢她们背后的两种文化。这两种文化都是人类伟大的文明创造。但是当一种文明碰到另一种文明时，不一定是更文明，还有一种可能是野蛮。只有文明的交流才能更文明，背道而驰一定与文明相悖。

由于她们生在一百多年前的中西文化碰撞乃至对抗中，她俩都偶然又必然地成了悲剧的人物，都无辜，都惨死。特别是庄娴贤，她连丈夫欧阳觉为什么失踪，做了什么，全然不知，而遭到摧残最为惨烈的也正是她。我让她俩的死像两把刀子插在欧阳觉的心上。在写这两个女子惨死时，我"看"到了庄娴贤被施暴的种种惨不忍睹的画面，也看到莎娜在站笼里疯狂抓烂了自己的脸。但我最后不忍下笔，我没有写，我下不了笔。我不忍我这两个可爱又美丽的人物落到这样的结局，也不忍让读者面对这样惨烈的景象。特别是我在写这部小说结尾屠城和欧阳一家被灭门的情景时，我流了泪。我写作很少流泪，只是当年写《一百个人的十年》的《拾纸救夫》时流过泪。我太可怜那个穷苦又不幸的女人了。

三

我要把那个时代中西文化如此复杂的关系，用一个并不复杂的情爱遭遇表达出来是困难的。

欧阳觉和莎娜之间发生的只是一个短暂的情爱遭遇，不会是一个复杂的爱情故事。它本身就无法展开，而且十分单纯。它载不动很大很多很深的内容。

于是，我沿用了《神鞭》《三寸金莲》和《阴阳八卦》的办法——意象。辫子的意象是国民性，金莲的意象是中国文化的自我束缚力，阴阳八卦的意象是我们的认知系统。意象是象征性的形象，也是中国传统文化独特的手段，比如诗画的意境。只有意象可以将许多"意"、许多内涵、许多隐喻放进形象。绘画就是将深邃的诗意放进画境。

一次，当我在一家古董店碰到了租界留下的单筒望远镜时，我就想，再也没有比这个东西更能表现早期中西之间文化的误读了。单筒望远镜是挤着一只眼看，有选择地看。从爱来选择，就会选择美好；从文化上选择，就会选择不同和好奇；从人性来选择，就会选择交流；从对立上选择，就一定会选择对方的负面。于是我决定用单筒望远镜作为这部小说的意象。在小说里，所有人都用单筒望远镜来看对方。

四

小说家不负责解释生活，但要把自己发现的生活的真实告诉读者，让读者自己去认知，自己去判断。这种认知才是真正的认知。

在小说中，我不主观表述，我让一切都由主人公欧阳觉的眼睛看到。这是一种侧写的方式，我不能让波澜壮阔的历史情景淹没了主人公遭遇与命运这条主线。

我写这部小说时很明确，一定要简洁又紧凑，不管背景多复杂，寓意多深，我要用人物的命运说话，我要讲好这个单纯、美好又悲伤的情爱故事，并让读者一口气读完。

五

我这部小说十四万多字，在长篇小说中属于很短的一类。我记得《欧也妮·葛朗台》十三万字，《蝇王》十四万字吧。可是我要把这么多的内容和这么庞大的事件，放进这样的篇幅中来，只用侧写还是不够的。

只一个单筒望远镜作为意象还不够。我还用了一些，比如小白楼。

在二十世纪九十年代我做天津城市历史建筑调查时，我发现早期的租界边缘有一种建筑很特别。它的窗子并不开在南边，而是东西两边，东边朝着租界，西边对着天津老城。我把它拿来作为我小说两个主人公相互欣赏对方的望点，作为他们尽享情爱快乐的天堂。

再比如欧阳家那棵盘根错节的大槐树就是象征天津老城文明的一种意象。我在开篇便写了一连串吊死鬼、乌鸦、火灾这些灾难性的暗示，以此与结尾的大悲剧遥相呼应。我认为意象可以无限深化作品的内蕴。这一点，我从《红楼梦》中得到很深刻的启示。《红楼梦》中的意象使它拥有深厚的、言之难尽的蕴藉。

　　篇幅不大，对生活我不能用展开和描述的方式，就像作画，如果我不用工笔，可以用写意。写意的本质除去概括、简洁，更重要的是强调细节。细节是生活的金子，也是文章的支撑。一部小说必须有足够数量的、特殊的、独特的、叫人能够记住的细节，才能把每个段落的文字都写结实了，有艺术质量。篇幅虽短，但分量足够。

　　也许因为我是画画出身，写出画面感常常是我写作的欲望与快乐的一部分。在我看来，文章中的画面能像电影定格一样，把一个个关键的印象清晰地留给读者。比如契诃夫的《草原》、罗曼·罗兰的《约翰·克利斯朵夫》和唐宋散文都给我们留下许多难忘的画面。苏轼和欧阳修的散文，有时一两句话就有一个动人的画面出现。画面能使读者有获得感。将小说中的情境不断写成画面是我这次写作为之努力的。在写到小说最后几页时，我想尽快收尾，我想把这残酷又惨烈的结局塞给欧阳觉，猛烈地撞击欧阳觉，也撞击读者。我故意没有做细致的描述，更没有煽情，只把一个又一个酷烈的场景像电影蒙太奇那样写下来。我认为，画面感可以升华描写，可以强化感染力。

　　在这部小说中，我还用了一个中国传统艺术的独特手法：

空白。比如小说的许多人物，我有意叫他们下落不明。这样处理一方面是在那种大劫难与时代变乱中，有的人就是擦肩而过，有的人就是不知去向或不知所终；另一方面传统艺术（包括戏剧与绘画）的"空白"处理的高明之处，是把空白留给读者想象。作品的内容不能全由作家告诉读者，一部分要留给读者去想象。只有让读者参与到作品的"创作"中来，作品才有丰富的可能，才具有更宽阔的空间，阅读才有潜在的快感。

所以说，这是与《俗世奇人》完全不同的小说。

六

我在《俗世奇人》里追求地域性，人物对话语言全是地方土语，文本的叙述语言中也揉进去一些天津话的元素，比如天津人的强梁、幽默、戏谑、好斗、义气、直来直去，等等。但我在《单筒望远镜》这部小说的审美上，不追求地域性。叙述语言中没有主动放进天津话的元素。

在《俗世奇人》中我刻意表现天津人的集体性格，所以我在每个人物的个性中都加进去天津人集体的共性。在写作《俗世奇人》时，我强调人的性格有两种成分，一种是每个人的个性，一种是地域人的共性。我钦佩鲁迅先生的《阿Q正传》把中国人的国民性当作阿Q的个性来写。

我写这部《单筒望远镜》时不强调天津人性格，因此《俗世奇人》的文本和语言都不适合于这部小说。比如这部小说的主人公欧阳觉——这个来自浙江的移民身上——就基本没有天津本土人的气质。

《俗世奇人》是极短篇，以单人立篇；这部小说是长篇，人物是一二十人构成深深浅浅、相互关联的一群。不过我记着果戈理的一句话，小说中是没有配角的，哪怕他只露一面，哪怕只用几百个字写他。

好了，写出来就无秘密可言了。

小小说特立独行

小小说在中国文学得名于二十世纪八十年代。

那是一个具有蓬勃创造力的文学时代。记得我当时写过两篇文章：《解放小说的样式》和《面对文学试验的时代》。大家不仅在写作的思想内容上积极开拓，还追求写作形式、样式、文体和文本的创造。在这样的文学大潮中，小小说便应运而生。一九八二年我写过四五篇千字左右的小小说。不过当时并没有开创什么文体的想法，只觉得写这样一种很短的、别致又精巧的小说，有很强的创作乐趣。

"小小说"一名最早是河南文学界提出来的，这表明河南文学界和出版界有很高的文学见识，而且建立了小小说的园地《百花园》和放眼全国的《小小说选刊》。小小说的事业就这样开始举步了。二十世纪八十年代，小小说很蓬勃，汪曾祺、王蒙都写了一些很好的小小说。记得八十年代中末期，邓友梅托我为香港的亚洲文化基金会编一本《大陆小小说选》，我在序中说："小小说是一种独立的文学样式，它绝不是用写中长篇的下脚料写的，它有独立的欣赏价值。"这已经是当时我们对小小说共同的思考了。

经过郑州人三十多年的努力、执着与坚持，小小说已经有了专属自己而闻名全国的园地，有了自己的队伍，有了一批专事小小说创作的作家，关键是一些作家、评论家开始对小小说的独特性与审美特征进行探讨。小小说独立的面目就愈来愈清晰。

小小说名正言顺、独立门户，最终还要在理论上立足。

从小说分类上说，小小说首先是建立在篇幅上，它是篇幅最短的一类，所以最早美国人称之为"极短篇"。但是极短篇并不是最短的短篇。如果将《麦琪的礼物》拉长、扩容，它就不再具有这种"极短篇"所显示出的魅力了。显然，小小说有它独特的、不可取代的特征，有它独特的取材、结构、表达的方式，有它文本与审美的独特性，乃至评价体系。它是一个独立的文学品种。

认识它，才能更好地把握它、运用它、发展它。

小，当然是小小说首要的特点。

但小小说不是可以由短篇小说压缩而成的。正像一个中篇无法压缩成一个短篇，一个中篇也不能拉长为一个长篇。海不能浓缩为湖，一支钢琴短曲也不会演化为一部交响乐。小小说和短篇、中篇、长篇的区别，绝不仅仅是在篇幅上。它们是不同的文学品种，不同的文本，不同的特性与规律，不同的标准，不同的取材与创作的思维。照我看，长篇是海，中篇是河流，短篇是一湾池水，小小说是一朵浪花。但是，这朵浪花不是从海里跳出来的，而是从生活中跳跃出来的，是从脑袋里跳跃出来的。

小说离不开情节。一部中短篇小说需要很多情节，但小小说容不得太多的情节，它最需要的是有一个关键的"情节"。这不是一般情节，而是一个至关重要的、非凡的、绝妙的、闻所未闻的、"成败在此一举的"、寓意深刻或感人至深的情节。比如《麦琪的礼物》，比如《万卡》，比如《口技》与《鸽异》，都有一个令人叫绝的情节，决定着小说的"生死"。这是金子般的情节。小小说往往有这样一个情节就够了。小小说就靠这个情节。

小说中鲜明的人物个性的表现，往往在这个情节里。

小说中深刻的主题，往往也在这个情节里。

它可以使"小小说不小"。

这种情节是小小说的"命门",没有这样的情节很难写出好的小小说。

我以为,小小说的情节是很难获得的,很难碰到的。需要一种契机,一种生活的恩赐,或者是一种灵感。所以很多大作家写了许多中长短篇,留下的小小说却不多。小小说看似很好写,实际是很难碰。

当我们抓到这个关键的情节,就看小说怎么结构了。我以为,小小说是结构出来的。或者说,小小说更讲究结构。

汪曾祺先生认为小小说与短篇的关系,像诗与散文,我同意这种比喻。诗是点上的凝练,散文是线性的舒展。但小小说先天篇幅很短,一切特征都与"短"相关。它不能像散文那样有太多抒情性的描述,太随性,有太多的闲笔。它必须简要与紧凑,环环相扣,丝丝入扣。所谓入扣,就是所有笔墨都要与这个"金子般的情节"紧紧结构在一起,最终使这个关键的情节发挥出效力与魅力。这种结构应是一种"巧构"。

在成功的小小说的结构中,往往把"金子般的情节"放在结尾部分,好像相声抖包袱。这样做的一个重要目的是为了"余味",在小说结束后,往往还能让人继续联想,留下回味。小小说篇幅有限，只有余味可以无限。杜甫有句诗"咫尺应须论万里"，这句话虽然说的是画，但说出一个艺术共通的道理，就是艺术作品的篇幅总是有限，但意蕴深广却应该追求无边无际、余味无穷、余音袅袅、绕梁三日，这是所有艺术最高的境界。

小小说不仅要把"余味"拿来作为自己的艺术追求，也作为小小说自己重要的特征。

还应该强调，小小说只靠一个关键情节是不行的，这样会单薄。小小说要特别重视细节。叙事写景与状物的细节都要精彩、考究、点石成金。这样的细节不仅可以使小说丰富、充盈，还会增强文学的表现力与审美内涵。

小小说还有一个重要的特征，就是视语言为生命。

我说的是文字语言。

现在有些网络段子很不错，也精彩。有人问，特别精彩的是不是小小说？不是。

应该说网络段子更接近民间文学——民间的故事、寓言和笑话。民间故事最大的特点是口头语言，它含有很高的智慧，绘声绘色，流畅生动，故事性强，甚至蕴含着耐人寻味的哲理。但它不是文字语言，没有文字美，没有文字的精当、考究、意蕴与素养。

尤其我国的文学史，由于诗歌成熟在前，散文在后，小说继之。散文受诗歌影响，非常讲究方块字的运用。这便使文字语言有很高的文学与艺术的价值，更不提每个作家还要彰显自己的文风与才情。

小小说受篇幅短小的制约，文字必须简洁准确、惜墨如金，讲究方块字的使用和审美蕴藉。正为此，才可能成为一种精美的文本。

无论中外古今，从魏晋小说、唐宋传奇、聊斋故事，到欧·亨利、契诃夫、巴别尔，等等，那些小说杰作告诉我们，成功的小小说都极其精致，本身就是一种精品。它是精制而成的。写一篇好的小小说比起写一个好的短篇，一样难。

我无力把小小说的特征说透说系统，它的理论建设还需要大家共同探讨。如今小小说已成为中国文坛上一个成熟和独立的文学品种，尤其在手机养成的"短阅读"的背景下，小小说大有施展之地。小小说的繁荣应该就在我们这个时代。

小小说不小

　　有一次，某报一位编辑约稿时说，如果你太忙，写篇小散文——或者一篇小小说也行。

　　我则笑道：最难写是小小说。小小说往往有时间也不一定写得出来。

　　问曰：为什么？

　　答曰：小小说不是短小说。

　　就像一只老鼠不是一头牛的蹄子；一辆独轮车不是汽车的一个轱辘；一支钢琴短曲不是一首交响曲的一个片段。

　　它是独立的、艺术的、有尊严的存在。

　　它有非常个性化的规律与方式。比起长、中、短篇，它更需要小中见大、点石成金、咫尺万里、弦外之音。正像好的中篇缩写成的梗概不会是好短篇那样；好的短篇缩写成的梗概也不会成为好的小小说。

那么，反过来说，正像好的短篇不能拉长为好的中篇那样，好的小小说也不可能拉长为好的短篇。

决不能说小小说是最短的短篇。

小小说是一种"多一个字也不行"的小说。

一篇小小说，在胎中——酝酿中，就具备小小说自身的特征与血型了。

它不是来自生活的边边角角，而是生活的核心与深层。它的产生是纷纭的生活在一个点上的爆发。它来自一个深刻的发现，一种非凡的悟性和艺术上的独出心裁。

它的特征是灵巧和精练；它忌讳的是轻巧和浅显。巧合和意外是它最常用的手段。但成功与失败在这里只是一线之隔，弄不好就成了编造与虚假。由于它与生俱来的"软肋"是篇幅有限，所以，它所追求的最高境界是意味无穷；所以，结尾常常是小小说的"眼"。

小小说是以故事见长的，但小小说不是故事。要想区别于故事，一半还要靠文本与文字上的审美。在这一点上，每个人都可以极力发挥自己，因为艺术的空间都是留给个性的。

面对着那些艺术性极强的小小说，比如《聊斋》中的名篇或是欧·亨利的《麦琪的礼物》，我不但要说"小小说不小"，还要说：小小说完全可以成为大作品。珍珠虽小，亦是珍宝。

"包法利夫人就是我！"

一

据说法国大作家福楼拜说过这么一句话：

"包法利夫人就是我！"

乍一听，难免对他这句话大惑不解。即使想象力再丰富的人也很难把这位谢了顶、眼皮臃肿、肥头大耳的文学巨匠与他笔下那个撑阳伞的少妇联成一体。其实这句话里含着很深的艺术原理，聪明的作者甚至可以把它当作一把钥匙，打开秘藏着艺术要旨的大门。

至于有些读者把小说中的人物当作作者的替身，把巴金的《家》当作他的"家"，把《青春之歌》的林道静当作杨沫，那只是好奇和入了迷的读者天真的猜想。还有些小说史的研究者走了邪道，好爆冷门，便想方设法从作者的生平逸事里寻找零星的材料，来印证小说中的某个人物便是作者本人。这种劳动成果自然没有多大的价值，也显露出这种不大高明的研究者对小说本身的无知。

我们上边那句话正好做了回答：福楼拜这个老头子怎么能同包法利夫人是同一个人呢？但是，福楼拜为什么又那么一口咬定地说"包法利夫人就是我"？

二

作家的创作，都是以个人对生活的感受为核心，由此而发。在一个人的感受中，最直接、最切肤、最动心、最有实感和记忆最深的，大多是本人经历过的。作家写作时就不免使用起这些经历，或多或少，或隐蔽或明显，真假难辨，不像科学家实验室试管中的混合元素那样最终能一样一样地区别出来。

我们只能由作品而言，从中大致分作两类：

一种像巴尔扎克《人间喜剧》那样的作品。在这样的作品中，很难看到作家自己的影子。他的兴趣则偏向于广阔的、纷乱的、多层次的、多侧面的社会景象。他的意旨是展开一幅与社会生活一样复杂、一样宽广无边的画卷。他的人物个个有血有肉、轮廓分明，好像都同他打过交道、深深谙熟，但在这中间却找不到他。他仿佛在用冷静而犀利的目光，观察着他身边形形色色的人。但细看之下，在这些篇章、段落以及字里行间，无处不渗透着他对生活精辟的见解和入木三分的观察。他写的是"别人的故事"，却溢满自己浓烈的情感。

另一种便是明显带着作家本人痕迹的作品。通常我们称之为"自传性"或"半自传性"的小说。比如狄更斯的《大卫·科波菲尔》、托尔斯泰的《幼年·少年·青年》、杰克·伦敦的《马丁·伊登》、高尔基的《童年》《在人间》《我的大学》三部曲和奥斯特洛夫斯基的《钢铁是怎样炼成的》，等等。这些作品的主人公大多是以作家自己为原型，他们都有过不幸的童年和少年时代，有过曲折和多磨的经历，对人生的价值早有所悟。写这些作品时，往往多凭回忆，少靠想象，各种细节随手拈来，生活和人物都富于实感。更由于他[①]饱含着作家深切的感受，作家写起来会分外动情，作品的感染

---

① 指作品中的人物。

力也会异常强烈。难怪屠格涅夫对自己的作品，最喜爱的便是其自传性的中篇小说《初恋》。每当我们一捧起这本薄薄的小书，便会觉得一股春潮般的、深挚的情感涌到心扉。跟着把我们的心扉打开，我们的心即刻融在他漾动着的情感之中了。

然而好的自传性小说，总是在作家思想和创作比较成熟时期写的。这时，引起作家的创作意图和冲动的已经不是他本人曲折的经历，而是要把自己亲身经历过的往事所深藏的生活哲理挖掘出来。世上万物总有个自我沉淀的过程，记忆像个过滤器，有价值的永留心底，无意义的被流水一般的时光冲去。因此，这些自传性的小说的主人公（作者自己），已经是经过加工提炼，具有一定典型性的形象。作家在刻画自己时，是把自己当作一个人物，尽力去寻找自己的经历中与所见所闻的芸芸众生中一种共同性的东西。唯其这样，人物才更具有普遍意义，会引起更多读者的共鸣，作品便不是自己生活过程的琐事的表面记录。它的思想深度和容量都不亚于前一种写"别人的故事"的作品。上边所列举的那些自传性的名著都可以作为例子，说明这个道理。

三

我记得，前两年有一个女孩子，出于对我的信任，把她的两本厚厚的日记拿给我看。她的遭遇不凡，而天性又很敏感，爱读书和写日记，她多年来把日记当作唯一可以信任的对方，便将自己的经历、感受、喜怒哀乐都细致又真切地记在日记上。我边看她的日记，她在一边掉泪，好像在向我无声地诉说她个人一段奇特的不幸——这情景是很动人的。随后，她回去了，我继续看她的日记，感受就与刚才两样了。是不是因为没有那不幸的女孩子坐在身旁，没有她轻微而动人的抽泣声？我想，如果我不认识这个女孩子，也不了解她，单看这两本日记，感受可能会更不同吧！

后来，她问我：

"您看我能不能从事文学？"

我说：

"我认为，任何一个智力健全的人都能从事文学。文学并不神秘，但它有自己的特性。"

"您看了我的日记，您说，这日记能不能发表？"

我坦率地说：

"你这两本日记不是文学。不仅因为它中间没有人物，文字还差，等等。更重要的是，它只是你个人经历的记录，它在你心里的分量是很重的，但它没有普遍意义，也就没有更多的社会价值。你只写了你自己，而且是你个人褊狭的内心天地中的悲欢。一个作家是要强烈表现自己的，但他也要鲜明地表现客观世界。既要挖掘自己，也要挖掘人生。既要关心自己，也要关心周围的社会生活和一切人。既要寻找每个人个性的东西，也要寻找人们共同性的东西。如果你不从个人窄小的天地跳出来，你连你自己也看不明白，自然就谈不上文学。"

她眨着眼睛看着我，显然还没弄懂我的意思。

四

还有另一层想法。我举一个例子。

我见过一个悲剧演员，他在悲剧高潮中哭了两声，引得观众都凄然泪下。本来他表演得恰到好处，谁料到他哭起来竟然止不住，声泪俱下，号咷不已，如丧考妣一般。反而弄得观众莫名其妙，甚至引人发笑。悲剧气氛一扫而空。剧演完，我问导演这演员怎么表演得如此差劲，画蛇添足，适得其反。导演说，这演员的优点是感情丰富，能很快进入角色，缺点是一进入角色就难以自制，任感情奔泻，完全不管观众。

我听罢，以为这演员实在还不明白表演艺术的一些根本的原理。演员既要进入角色，又要想到自己是个演员。既要忘掉台下的观众，又应想到自己的表演还要调动起观众的感情来。在这分寸和火候中，才看出演员技艺之高下。

这个道理是否也同样存在于文学创作中？

我举这个例子，是想说，作家在写作时不能陷入"自我"的陶醉里。就像走了神儿的汽车司机，会使轮子偏离宽宽的大道，落入窄沟。

"表现自我"只是一种原始的创作冲动。还有，书是写给别人看的。

《神鞭》之外的话

　　小说交给读者，该说的话都写在里边，不该说的全删掉了，还唠叨什么？其实，一部作品在心里时的想法，远远比落在纸上多得多。尤其是无法写进作品里，偏偏又想说出来的话，只有另找个空儿，说一说。

一

　　我自己不把《神鞭》当作一般意义上的历史小说。这并非故弄玄虚，而是我写这小说时的一种十分明确的观念。

　　当然，我羡慕那些写历史小说的高手——他们像数百或数千年前生活的目击者那样，使你深信他们是那段历史的权威发言人。他们能把死去的生活，喘着气儿地恢复过来，那种无所不精的历史知识与高超的历史复活术，常常叫人难以置信。

我曾经也努力要成为这中间一名佼佼者，写过《义和拳》《神灯》《鹰拳》，等等，但都没有越过自己渴望的高度。在这个项目中成了个笨手笨脚的家伙。

基于这点，《神鞭》与上边所说的历史小说却是完全两种小说了。

谈到历史的功能，我想大家都有一致的看法，它不是把人拉向遥远的过去，它的活力正是表现在它对于当代社会的作用，这也是历史最高的存在价值。本来，现实的一切都是从历史发展而来，即便对历史的某种反动，也与历史难以分割，反传统也是传统的另一种结果。因此我们从古今对照中所获得的思想，会使我们矫正现实并看清未来。不少作家从这中间获得启示，用或显或隐的古今对照的方法写作。这样做，写历史就会对现实产生再认识，写现实便是对历史的再认识，而对历史的再认识也就是对现实的再认识。

近两年，我常常在对历史的回顾中，偶然或必然地联想到我们的当代社会，同时又在对现实的沉思中，自觉或不自觉地联想到历史，往往看起来不可思议的，其实是历史的必然；令人惊愕的突变，往往在历史中早已稍稍埋下种子。这种联系，使我对历史和现实的认识都加深了。只要这古与今两根线一碰，思想中某一浑浊处立时就亮了。然而，这两年我们的作家们成熟的标志之一，已经不是有一个想法就写一篇东西了。我们既要深透地钻研与弄明白这一个那一个历史或现实的问题，又要整体地把握我们民族的过去与今天。只有把过去与今天所有线头都接好，才能有条不紊地走进我们民族这个庞大又复杂的结构中去，调整它、发动它。因此，即便我写的是历史生活，这也是一部现代小说。不知别人是否同意我这个观念。我想，比如复古，就是现代人的一种意识。复古与守旧不同，复古是现代人充分享受了现代文明，才产生从历史索取财富和满足需求的意识。我就是想写出这样一种在明确的现代意识把握下，以历史生活为内容，充分表达我在古今对照下那些思想感受的小说。这应该是一种什么样的小说？

我琢磨了很长时间。

反正用《神灯》《鹰拳》等这些办法都不成。

任何真实的历史事件，都会把我的笔缠在必须遵从的具体事件的场景和细节上。另一种，虽然虚构却旨在复活历史生活的写法，也会使我成为服从自制的客观描写对象的奴隶。

于是我想到了蒲松龄的《聊斋志异》和鲁迅的《故事新编》，还有艾丽丝·默多克、威廉·戈尔丁等人的"寓言编撰"小说。他们大多是借助一个古代寓言、民间故事、荒诞传说，阐发他们对当代社会生活非表面而更深一层的理解。但这种写法不能淋漓尽致释放出我心中独自的意念与感受。但我从他们那里学到一种特殊而带劲的方式，便是：假借。假，是假设；借，是借题发挥。我感到，这方式是一种十分宽泛的方式，因为，假设和借题发挥都可以随心所欲。它似乎还可以合成进去很多其他手法。当然，方式是小说的一种硬件。关键看软件：就看我假借什么了。

二

我选中辫子。

这选择不是挖空心思琢磨出来的，而是碰巧"碰"上的。将来我在另一篇文章中，再写这个趣事。

辫子在我们的民族中是个有特殊意味的东西。它的始末、它的经历、它的悲剧，都包含着深广的历史内容。它本身也是一种象征，可以从中挖掘许多思想再寄寓其中。鲁迅先生就在这上边做过文章。我便有意截取从清兵入关必须留辫子，到民国初年必须剪辫子这一段辫子史。在这反复的巨变中，我们民族曾体现出多么难以想象的忍耐与执拗、适应性与不适性。从中我看到几千年来，我们这个古老的民族，像一架沉重的大车，每每翻越一座大山或陡坡时，它要多么艰难地与压在自己身上的负荷抗争，而又决不甘心停滞不前。我们的顽固性与奋进的力量究竟在哪里？一个敢于并能够战胜自己弱点的民族才是真正有希望的。

这辫子好就好在它仅仅是一个道具，没有故事。依从它内在含义的复杂性和深刻性，使我虚构故事时几乎能够不与任何别的作品雷同。我感到我可以从中挖掘出来的东西异常丰富。然而，这时我还感到前人给我准备的样式变得有限起来。我这个人对样式的感触之深，来自我的一双脚。我脚长而窄，大拇指过长，小拇指奇短，脚弓过高，足跟如球，脚形宛如镰刀，故此别人的鞋很难合脚，商店的标准尺码更不合适，只好自己动手做，虽然不规范，总不致削足适履。

三

这辫子，本身含着象征和寓意性，它自然就成了这小说的成分。一部具有象征意味的小说，它的故事便不能像写实小说那样严严实实。它需要离奇一些、怪诞一些，其中的象征和寓意就有空间露出头来。这样小说又加入一些荒诞的成分。

象征、寓意、荒诞凑在一起，会是一种什么小说？我并不愿意写这种我们的读者未必习惯的作品，同时这么写也不合我自己的胃口。中国古代小说无论写得多么荒诞不经，却要合乎情理。小说的真实有几个层次：一是生活的真实，一是环境的真实，一是人物的真实，一是情理的真实，一是感觉的真实。中国人在文学艺术上的高超之处正是抓住情理这一更高层次上的真实，因此无论邪魔、鬼狐、精魅，都写得入情入理。

我想，我这个荒诞的纯虚构的故事，应该建立在时代氛围、社会环境、人情事理的尽可能逼真如实的基础上。这样，我必须拿来传统的现实主义塑造人物的手法，我甚至把杨殿起、玻璃花、金子仙等作为具有某种典型意义的人物来写。而把神鞭傻二的荒诞故事完全消融在这种传统现实主义成分中了。为了制造这小说的可信性，我还有意兑进了历史风俗画的溶液，把风土人情、历史习俗、民间传说，全掺杂进去。叫人读了不会怀疑这是一种肤浅的胡诌，没有上当之感。小说创作有条真理：当读者认为你骗他，小说便是彻底的失败。

为了使读者一点点进入我这个荒谬的故事，一点点自然而然接受我藏在故事中的意味深远的象征与寓意，小说开始三四章，我几乎没有加进荒诞成分，甚至调动民俗文学的可读性、趣味性，把读者领进来。然后再添油加醋，撒辣椒面，扰进芥末，等到我荒诞起来，大概读者不会觉得荒谬了，最后——当然我想叫读者听我的。

我采用俗文学的某些要素（如可读性、趣味性、戏剧性，等等），还因为我希望得到更多的读者。

具有象征意味的小说，需要读者自己去悟解其中的寓意，那么，我以为，这样的小说就要使读者在阅读过程中思维呈现活泼状态。人的思维最活跃、最不安分、最有活力，恰恰在幽默的时候。幽默是中国小说和艺术的法宝。我想，我应当充分运用祖宗留给我们的宝贝。无论在情节、人物还是叙述语言上都渗入幽默，如果中国式的幽默不够用，自然也要拿来当代外国文学常用的幽默方式——"自嘲"用一用。这样，我就可以把我要表达的思想感受，不只正襟危坐、传经布道式，而是，直的、斜的、拐弯的、转圈的、连蹦带跳的，在读者快快活活时，交给他们。

这么一来，我这是部什么样的小说？

荒诞＋象征＋写实主义或现实主义手法＋古典小说的白描＋严肃文学的思考＋俗文学的可读性＋幽默＋历史风情画＋民间传说，等等。

这不是一个大杂烩？只要它不是一个拼盘，哪怕是鸡、猫、驴、狗、耗子、麻雀、蚂蚱和蚯蚓都煮在一锅，能叫人吃得下去，我就满意了。如果它别有一种什么滋味，我当然再高兴不过。说句玩笑，我对这种食品多少有点专利权了。

四

一种样式的产生，同时是对它所表现的内容的解放。我很高兴，这种把多种写法合成起来的样式，对于我自己，有弹性很大的容量。比如，当我用写实手法和风俗画卷的形式，展开"神鞭"活动的广泛的社会场景时，正因为辫子本身的启示，也因为小说特定的时代，恰恰处在中国从闭关锁国到海禁大开之际，如何对待祖宗和如何对待洋人，这个复杂的民族心理的反映，表现得十分充分。这就使我着意刻画出在对待祖宗和对待洋人不同态度的各式人物，展开他们在这军事上的烦恼、矛盾心情、愚昧和偏执、醒悟与革新。把这些合在一起，不就构成了那时代特殊的、至今依旧明灭可见的复杂的某种民族心理特征吗？正是当象征手法与写实手法合在一起，便使我能够把主题开掘到这更深的一层，把"形而上"的东西提得更高。

我的读者大多能分辨出我所驾轻就熟的两种写法，也是两条路子。一条是从《雕花烟斗》到《高女人和她的矮丈夫》《今天接着昨天》《雪夜来客》，等等，这是凭我的气质、个性、艺术感觉和审美观念，所写出的追求人生和艺术境界的小说；另一条是从《铺花的歧路》《雾中人》到《走进暴风雨》，这是受直接来自生活的激情所鼓动，被一个公民的社会责任感所驱使而写就的小说。我承认这都是我擅长的写法。因为一个作家在生活中不见得只能收集到一种信号，有一种信号收进来，就得有一个放出去的波段。但我除这两条路，两个波段，我还有一种天天都收进来却一直放不出去的信号（我前边写过的那种思想感受）。我需要另辟一个波段，有它自己的波长和频率，有自己的接收系统和播放系统。这就是我最近在《神鞭》中找到的。我还要在这条路上多走几步，但我不认为这方法完美无缺。往往有这么一种现象：某些在艺术中愈有表现力的，局限性就愈明显。有时它仅仅适合自己。因为任何艺术形式都不是为别人创造的。

好了，我不愿意用比短篇更多的字数，谈论自己的中篇。但愿到此读者还不嫌这些话多余。

《俗世奇人》题外话

日本的新锐作家南条竹则极通吾国文学。他读过我刊在《收获》上的几篇《市井人物》，便问我所写的这类小说是否受冯梦龙的影响。我说：然也。我与他皆姓冯，我们这是"家传"。他笑了，接着问我受冯梦龙哪些影响。

我说：三个方面——

一是传奇。古小说无奇不传，无奇也无法传。传奇主要靠一个绝妙的故事，把故事写绝了是古人的第一能耐。故而我始终盯住故事。

二是杂学。杂学是生活，也是知识。杂学必须宽广与地道，而且现用现学不成。照古人看来，没有杂学的小说，就像是只有骨头没有肉。故而我心里没根的事情绝不写。

三是语言。中国的文学史，散文在前，小说在后。小说的语言受散文影响。中国人十分讲究文字的功力，尤重单个的方块字的运用，绝不是一写一大片。故而我修改的遍数很多。

南条竹则说："你所有小说都这样写吗？"

我说："只这类小说才这样写。这是文本的需要。"

此后，我主动告诉他，鄙人写完《神鞭》与《三寸金莲》等书后，肚子里还有一大堆人物没处放，弃之实在可惜。后来忽有念头，何不一个个人物写出来？各自成篇，互不相关，读起来又正好是天津本土的"集体性格"。于是就此做了。

初写数篇，曾冠名《市井人物》。这次又续写十余篇，改名《俗世奇人》。话说明白，为了怕把读者搞乱。

再有，写完了这一组小说，便对此类文本的小说拱手告别。狡兔三窟，一窟必死；倘若再写，算我无能。

话到此处，已然兴尽。再无言之欲也。

《艺术家们》的写作驱动与写作理念

写完一部书，理一理书后边深层的东西，会使自己对自己更清楚一些，所以此文首先是为自己写的。

写作时，小说在心中是充满感性的；小说写完，该理性地对待它了。

写作驱动

任何写作都来自一种内心的驱动，一种非写不可的内心压力；若非如是，为写而写，写作便失去意义。

我说过，当年驱动我投身于文化遗产的抢救和保护，不是来自学者的立场，而是作家的立场。相比学者，作家对大地民间总是心怀更多的情感，我称之为"情怀"。作家去写"生我养我"的土地，自然与这土地上的一切水乳交融，以心相许。如果你动了这些扎根在他心里的东西，他会情不自禁地站出来守卫它。有人呼吁和呐喊，有人行动。法国工业化早期，当巴黎遭遇这种文化破坏时，雨果发声，梅里美和马尔罗付诸行动。二十世纪九十年代初我写《手下留情》时，偶然翻到雨果当年（一八三五年）那篇《向拆房者宣战》，惊讶地发现我与雨果疾愤的发声竟是完全相同的口气。二十一世纪初我所倡导和组织的"中国民间文化遗产抢救工程"就是直接从马尔罗主持的"文化调查"那里学来的。所以，我认为自己的文化保护，最初更多源自一种作家的文化情怀，是情感行为，出自作家的立场。

有意味的是，我这个"作家立场"竟使我放下了写作。

更有意味的是，现在我"重返写作"，反过来又与我近二十年来的文化保护密切相关。

为什么这么说？

近二十年文化遗产面临的巨大冲击，是时代问题的重大焦点，也是历史文化一场空前的遭遇。这个遭遇的大背景，一是农耕社会疾速向现代工业社会转化；二是消费社会几乎是空降到我们的生活中来。在文化遗产抢救中，我愈来愈清楚自己是无法对抗这个历史的必然的，但我要在这时代性的社会转型中保护住我们民族的文化身份、文化基因以及文化传承。这个工作实在太大、太难、太复杂。我自然就卷入了时代的旋涡里。

可是我没有想到，这个旋涡竟使我的文学受益。

一方面，我身在这个旋涡，是社会各种冲突的旋涡。我感到各种现实的社会问题和矛盾都集中在我身上，这使我得以深层地认识了生活；另一方面，文化的核心是人。通过文化这个角度又使我对人的"文化性"有了深刻的感悟与理解。此后写《俗世奇人》时，比起《神鞭》和《三寸金莲》自然就多了一层地域性以及文化性格上的自觉。

更重要的是对当代社会，即对资本的、市场的、消费的社会所向披靡带来的困扰看得愈来愈清楚。在这样的社会里，物质至上、拜金主义和庸俗社会观会通行无阻，一切纯正的价值观都显得软弱无力，甚至变成一些空泛而美丽的口号。我在文化保护的旋涡里常常感到势单力薄、缺乏知己、陷入孤独，这便使我去反思作为知识分子的自己。记得，我曾在剑桥与那里的教授谈起弗兰克·富里迪的《知识分子都到哪里去了？》，他们笑道："还有人与我们谈知识分子问题吗？你们最关心的不是和我们合作什么研究课题吗？"在法国我听到的回答是："'二战'之后法国渐渐就没什么像样的知识分子了。"

不管这些话是耶非耶,反正全球现在都落入资本与消费的黑洞里,高科技还成了它们的"帮凶",使它愈加神通广大。那么,这些还在奉行精神的人怎么办?我们这些做文化抢救的而身处"社会边缘"的人、纯粹的学者、真正的艺术家怎么办?只有执着坚守、甘于寂寞与一意孤行吗?

在二十一世纪初文化遗产抢救最困难的时期,我写过一本思想随笔叫作《思想者独行》,对这些问题发出强烈的呐喊。但这本书却如在空谷中呼叫,没有任何回应。

这些内心深处的纠结不正是我写《艺术家们》的驱动力吗?

二十世纪八十年代,我曾想写一部中篇小说叫作《艺术家生活》。如果那时写,也只是写我在二十世纪七十年代画画时那一代人的生活情感与命运。可是现在动笔写不同了,我们已经进入了波澜壮阔的市场时代。我们这一代人曾经在文化荒芜的时代依然站着,但在当下的物质充裕的时代却大多倒下了。于是,我把这个知识分子的精神悲剧写在了这部小说中。

我在二十一世纪初发动的文化遗产抢救的一次演讲中说过:"我们那时是恶狠狠地毁掉自己的文化,现在是乐呵呵地扔掉自己的文化。这一次更可怕。"

写作中的生活多半是在不经意中积淀下来，写作的驱动是被生活与社会不断施压的结果。当然这压力不是被动的，是思考带来的一种主动，是一种精神的求索。

在《艺术家们》中，我把这种求索交给了楚云天等一些为数不多的艺术家。

写作理念

把第三人称作为第一人称来写。

小说的人物特别是主要人物大多是有原型的。有原型的人物具有生命的实体性，可以更好地感觉他。当然，原型不是原人，他从属于小说特定的世界，这个世界是虚构的。所以，小说的人物与其原型往往真真假假、或虚或实地混在一起。谁知道鲁迅的阿Q、曹雪芹的贾宝玉、吴承恩的孙悟空，有哪个人哪几个人哪些人的影子？他们从这些人身上拿来哪些性格的、外貌的、行为的细节？甚至哪些故事？当然，高明的小说家一定要进行个性鲜明的生命再造。

可能这部小说在我的写作中有点另类，它过于自我。这因为我所写的是我这一代艺术家的生活经历与精神经历。作家感受最深的是他自己和周边的人。我便情不自禁地把自己当作小说主人公楚云天的原型。

然而小说不是自传，人物绝不是自己。自己一定要与小说人物拉开距离，才好虚构他、塑造他，使他对时代有更大的包容，这样人物才会具有时代生活的典型价值。

可是，小说家最难把控的是人物。在写作的过程中，一旦人物在你心里真的"活"起来，往往是人物拉着你走，而不是你拉着人物走。你最初构想的故事往往被这个"活起来"的人物改变。人物的命运要听从他的性格，顺从他的命运，而不是任由你去戏剧性地摆布。我在写作最初，许多自以为"挺精彩"的情节最后都被我的人物删除了。也许由于我本人投入太多，开始只是时代氛围、人物心理、生活的细节与片段，以及一己的艺术感觉，等等，写着写着渐渐有了一种化身为楚云天的感觉。当我写到楚云天与田雨霏初吻时，心里竟然感到十分紧张。待写到大地震那个突如其来的灾难时，自己许多亲历的生活也都一拥而入，进了小说。这时我已经放开了。只要小说顺畅合理，人物充分饱满，自己在真实生活中经受过的那些最独特、最深切的细节便都送给小说、送给楚云天了。我用自己成就了人物。我干脆就把第三人称当作第一人称来写。

这样的写作使我进入了一种自由的状态。

它使我可以通过我的人物尽情表达我所痴迷的艺术感觉、我的审美情感、我的思考和艺术观。我与平山郁夫、吴冠中等人的那些对话，原本是我本人与他们的对话，现在由我的人物脱口而出。我相信这种写作不但使人物更富于真实感，也使小说的虚构更富于可信性。但不管怎么写，人物还是楚云天，并不是我。是我进入了人物，而不是相反。

把小说当作艺术来写。

这是我写作一向的追求，也是一个写作理念。

这可能由于我从事艺术先于我从事文学。

先成熟的总要影响后成熟的。在文学史上，中国诗歌成熟在前，散文成熟在后，故散文追究文字的考究与诗性。在文艺史上，中国文学成熟在前，绘画成熟在后，故绘画奉意境（文学性）为至上。

为此，我偏爱艺术性强的小说，即结构讲究，文字精当准确，有画面感和审美品位，富于感觉的小说，所以我写不了太长的小说。有人认为长篇小说要写得"松"，不能太在乎语言。实际上语言好不好的关键，并非是否刻意于它，语言是一种修养与天性。我认为好的小说语言里要有审美气质。我之所以喜欢契诃夫，托尔斯泰有一句话说得很明白。他说契诃夫的小说"不是有用的，就是美的"。这里所说的"美"，是艺术情感的一种释放与挥洒。就像音乐离开旋律的铺展和绘画离开形象的水墨或色彩的放纵。

我喜欢小说像艺术那样，是一件艺术品。语言之外，人物的个性、气息、情景、事物、节奏，都有审美意味。艺术中的丑也绝非自然主义的丑。就像莎士比亚笔下的丑，都是一种艺术形象。

为此，影响我写这本书的重要缘由是《约翰·克利斯朵夫》。精通绘画也更精通音乐的罗曼·罗兰，不仅使《约翰·克利斯朵夫》充满艺术气质，而且他的散文化的叙述常常带着音乐的节奏、音乐的抒情与音乐美，因使一种迷人的艺术气息在小说中无所不在。更重要的是，他以小说人物克利斯朵夫所特有的音乐气质和音乐感觉，真切地表现出这个人物独具的生活情感与心灵世界。这使我一直有个愿望——写一部充满画面感、画家气质与画家独有的心灵生活的小说。此前，我写过中篇《感谢生活》和《炼狱·天堂》（韩美林口述史），都是写画家的，但没有达到我心里的这个期望。这一次，我以自己作为主人公的原型，把第三人称当作第一人称来写，是想从一个比较主观的角度，达到我想要的东西。

艺术家有他们自己的思维方式和感受方式。比如画家，独特的形象往往是他们的兴奋点；意外的形象发现使他们无比欢愉；他们的创造力需要灵感来点燃，谁知道灵感从哪里蹦出来。艺术家大多时间生活在自己想象的世界和创造的世界里，所以他们不会依照常人的方式生活。在常人眼里他们都是我行我素、不受约束、过分自我和极端的性情中人。他们太钟情于艺术美，往往把自己的生活和情感也"艺术化"了。

所以，我说我用两支笔写这部书。我行文时常常有画画的感觉。比如我写楚云天与隋意那个小小而奇异的阁楼，写与楚云天遭遇到的两个女孩子，写与易了然初见时翰墨相交的场面，还有楚云天为死去的高宇奇送行于太行山中所见到的那些景象，那些奇峰峻岭……写作时我像亲笔在画，用笔用情用心。因此我说，我把这部小说当作艺术来写。

至于小说的结构，所想到的也是画。好的一幅鸿篇巨制，重重叠叠、横斜交错，就必须注重远近浓淡、虚实相生，中留空白，交给观者。

应该说，这不是一种文本的实验，而是写法上的实验，也是小说审美上的实验。我想把绘画融进文字，融进小说。一方面是小说的人物、事件、命运；另一方面是视觉、画面、艺术感觉。我想以这样的写作，赋予小说更多艺术美与艺术情感。用艺术情感唤起读者的审美想象。我承认，我还有唯美倾向。

把现实的人物当作理想的人物来写。

理想主义是我放在三剑客身上最宝贵的东西，也是我写小说的核心价值与思想追求。

他们三人，青春年少时社会文化贫瘠却心怀梦想；到了中年时期正值开放时代，理想激情地拥抱了现实；中年之后商品大潮凶猛而来，由于价值观相左而分道扬镳。这是半个世纪以来我们这一代艺术家的亲历。我要从自己所熟悉的这一代艺术家中，从自己身上，从纷纭的时光隧道里，找寻出我们这一代艺术家的心灵历程，其实大致也是这一代知识分子的心灵史。这历程漫长、曲折、艰辛，其本质上却是一种理想的幻灭与坚守。探究这个历程，对于认识社会的本质和知识分子的天职有深刻的价值。

小说的人物不管具有多么鲜明的时代的典型性，都是一个个活生生的个性与个体、大千世界的凡人。当我把三剑客年轻时代的理想之火一直放在楚云天的身上，让他坚持和苦苦求索的同时，也让他承受时代的压力、困扰、落寞，以及人性的过失带来的人生的伤痛与悔恨。

其实，小说中另两个人物倒是楚云天理想主义精神的依傍——一个是易了然，一个是高宇奇。

易了然的率性、放达、随心所欲、有情有义、艺术至上，浑身散发着艺术的情感。他不像唐三间、屈放歌那样陶醉与混迹在市场里，一直身在地远天偏，终了还是隐迹于山林。但他绝非古代失意而退隐的文人，只是回归于他挚爱的山山水水。

另一个高宇奇，是楚云天心中的精神偶像。我着墨不多，却下笔很重。他具有罕世的才华，但拒绝涉足市场，远离尘嚣，甘于清贫和寂寞，倾尽身心去实现自己心中宏大的艺术理想，却因一次车祸中断了这段伟大的征程。

在《艺术家们》的一次研讨会上，有人问我，可能有这样不食人间烟火的人吗？在当今社会他真能这么活下去吗？

其实，这个人正是一个真实的存在！我把他作为小说人物高宇奇的原型。

正因为有这样的存在，一种看似不可思议的存在，楚云天的理想主义才有了来自现实的强大支撑。

高宇奇突然意外身亡，在现实中也是真实的。我将这个真实的情节放进小说，还想给陷入孤独的楚云天再加上一个压力，叫他陷入一种绝望。

回到我自己身上，我在近二十年来文化遗产保护的困难重重、孤立无援时，我说过我是失败者。我说："我想保护的没有保护住，我保护下来的被市场变味了，还不是失败了吗？"我当时强烈地感受到的正是这样一种心境。

我之所以没有把易了然和高宇奇放在楚云天的身边，而是拉开距离，叫他们远在异地他乡，是想把他们理想化。虽然这两个人物的真实程度都很高，我却要把他们理想化，让他们更高贵更美好，让理想主义不绝望。

所以，我在小说结尾让隋意回到楚云天的身边，是让这个孤独的理想主义者还有希望，还有明天。

小说家写完作品，对作品已无发言权，发言权只属于读者与评论家。因此，这里绝非自我评说，而只是把隐藏在作品之后的一些理念说出来，权当作作品的一些小小的延续吧。

第三章　散文其实有技巧

趣说散文

一位年轻朋友问我，何谓散文？怎样区分散文与小说和诗歌？

我开玩笑打比方说：

一个人平平常常走在路上——就像散文。

一个人忽然被推到水里——就成了小说。

一个人给大地弹射到月亮里——那是诗歌。

散文，就是写平常生活中那些最值得写下来的东西。不使劲，不刻意，不矫情，不营造，更无须"绞尽脑汁"。散文最终只是写一点感觉、一点情境、一点滋味罢了。当然这"一点"往往令人深切难忘。

在艺术中，深刻的都不是制造出来的。

散文生发出来时，也挺特别的，也不像小说和诗歌。小说是想出来的，诗歌是蹦出来的；小说是大脑紧张劳作的结果，诗歌却好似根本没用大脑，那些千古绝句，都如天外来客，不期而至地撞上心头。

那么散文呢？它好像天上的云，不知由何而来，不知何时生成。你的生活，你的心，如同澄澈的蓝天。你一仰头，呵呵，一些散文片段仿佛片片白云，已然浮现出来了。

我喜欢这样的散文：它是悟出来的。

胸无成竹的快乐

友人见我伏案作画，便说凡事不能两全，你不如"弃文从画"算了。我问何故"弃文从画"而不"弃画从文"？

友人说：看你白纸铺案，信笔挥洒，水墨淋漓，浓淡相渍，变化万千，妙不可言。情趣多为偶然，意味也就无穷。绘画充满这样的偶然，作画时便充溢着快感，无怪乎画家大多高龄长寿，白首童颜，不知老之将至；而写作却是刻意为之，搜索枯肠，绞尽脑汁，常年笔耕，劳损形容，竭尽心血，早衰早病，往往掷笔之日也正是撒手人寰之时了！

我听罢笑道，错矣！你说那搜索枯肠、绞尽脑汁的写作，恐怕是指那些错入文坛的人吧。写作自然要精雕细刻，字斟句酌，语不惊人死不休，甚至创造一种独属自己的文体、一种语调、一种文字结构，那真如创造一个太阳。然而一旦找到这种叙述状态和文字方式，就好比卫星进入轨道，在无边无际银灰色的太空里无阻力地悠悠滑行。无数奇景纯属幻象，迎面飞来，那些亮煌煌的星球，是一个个奇特而发光的句子。写作进入心态才是最自由的状态；你一旦叫你自己吃惊，那才是达到了最令人迷醉的写作境界。一时，飘飘如仙，随心所欲，前不知由何而起，后不知为何而止。好比旅游，一切快乐都在这笔管随同心灵的行程之中。这一切，不都与绘画一样——充满了偶然又享受了偶然？谁说写作只是一种精神的自我惩罚或灵魂服役般的劳作？

由此而论，散文随笔的写作，胜似小说。不必为虚构的人物故事去铺陈与交代，也不必费力地把虚构的变为比真实的更可信。只要心有意态，笔有情氛，信马由缰，收桨放舟，乱花飞絮，野溪奔流，一任天然。这种写作，无须谋篇布局，也无须思考周详，一旦开笔，听任心灵的解脱与呈现，大脑愈有空白，笔下愈有意外而惊人的灵性出现。小说写作应胸有成竹，散文随笔当胸无成竹。竹生何处，生于心灵。情如春雨，淋淋一浇，青枝碧叶盈盈全冒出来。故此，古往今来名家大师的手下，一边是鸿篇巨制，一边是精短散文；这种散文，逼真亲切，更如其人。

故我对友人说：写作有如此多的快乐，我为何弃文从画？文，我所欲也；画，亦我所欲也，二者何不兼得，两全其美也。

文章越短越好

从文体上来看，我觉得现在可能没有必要把散文和随笔区分得那么清楚。中国古代讲究的是"文"的传统，也就是随笔里有散文、散文里也有随笔的"大文章"。所以，有时候我选择用偏散文的笔法来写作，因为想表达抒情意味更浓的内容，特别是当我想描写一些画面的时候，就更加注意视觉方面的表现力，可能散文笔法的使用就会更多。如果写作的内容需要保证叙事的完整性，那么随笔方法的使用就会更多一些。

至于文章的篇幅方面，我个人认为，文章越短越好。我喜欢中国传统文章所包蕴和含纳的兴味，比如苏东坡、欧阳修等散文大家所作的文章，总是百看不厌，常读常新。中国古典散文对我的启示，就是写文章应该点到为止、有所保留，"意到而笔不到"才有作者的韵致，才能为读者打开想象的空间。

比如柳宗元的《小石潭记》中，真正描写小石潭实景的字句可能只有一百多字，但是这一百多字把小石潭写得十分通透。此外，这篇文章的语言也非常讲究，不仅字斟句酌，而且有大量独特的细节。除了风格的精短以外，我觉得细节描写对作家而言是最重要的，看一位作家的艺术能力，主要应该看他对细节的发现力和捕捉力。

一九八四年我曾经创作过一篇小散文《珍珠鸟》，后来被选入小学语文课本，全文仅有一千多字。显而易见，从那时起我就喜欢这样精短的文体，并不是适应当下的时代潮流。我对于精短文体的偏好，可能与我少年时期广泛接触中国古典散文有着密切关系，主要表现在创作小说的时候通常不会写得太长，篇幅能压下来就压下来。另外，我又是个画画的，深知中国传统绘画艺术中"留白"的重要性。所以我觉得好的小说、散文，务必要把一些空白留给读者，让读者发挥他的想象，在这些空白处再创造出属于自己的部分，这时读者就参与了作家的文学创作。传统戏曲表演里面就有很多种空白，比如越剧《梁山伯与祝英台》的选段《十八相送》中几乎没有实景，扮演梁山伯与祝英台的两人通过歌唱、对话、神态和动作等虚拟表演形式，唱过桥就是过桥，唱进门就是进门。这些"桥"和

"门"并没有实景，是通过歌唱和虚拟动作表演出来的。由此，读者发挥了他的想象力，在欣赏表演的时候有充分的愉悦，因为他的想象得以发挥出来了，读者与作者一起创作，这是中国艺术的特点，也是中国艺术的高明之处。

我写《散花》
——《散花》序

　　有人问我如今在奔波于四方的文化抢救中，如何写作，有没有固定的写作时间，是怎样一种写作习惯与方式。我想了想，说：散花。

　　我心中最优美、最浪漫的动作是天女散花。她以最好的心情、最大的爱意、最优雅的姿态把缤纷的花随手抛撒，五彩缤纷的花朵裹同衣袂飘带一同飞举；芬芳的花雨纷纷扬扬落向人间。欣赏天女这样做，只是表达一种心愿与情怀，并不刻意于其他。

　　我的写作终于也尝到这种滋味。不管人在哪里，在忙什么，只要心有触动，笔有情致，就会从心中飘出一朵花来，落到纸上。时间虽少，但时间是最灵活的，到处可以找到，也随时可以安排。我喜欢托尔斯泰在《复活》篇首所写的春草从城市的砖缝里拼命钻出来的感觉。写作是心灵的渴望。作品是生命的花朵。它是不可抑制的。它随时随地产生。只要放开手脚，信由着它，就会随时开花，随手抛撒，像我一直神往的天女散花。

本集所收篇目，乃是近三年中所写上百篇作品之自选。其中小说三篇，从二〇〇六年到二〇〇八年，每年一篇。这样做并非我着力延长个人的"小说创作史"，而是当今我的写作，短的小说尚可为之，长的小说不可为之。

其余则是两大类，一是散文，无论写人写物，大都是有感而发，抒写一己情怀；另一是随笔，一概是对文化时弊真刀真枪的火拼。这两类截然不同的文字正符合我的两种写作主张：一是心灵写作，一是思想写作。

还有一部分是与画相关的散文化的文字，这种另类的文体我随手写了不少。是思绪或情绪的片段，也是散文的片段。其实无论于人于文，片段才是精粹。我作画总是缘自一种特别的心境，或把过多情思投入其中。可能出于我的另一种——作家的习惯，每每画过，还会把作画的缘由和种种心理写出来。作家的天性是挖掘内在的精神与深在的心灵，于是这种写作已成我专有的一种文本。

再有，我把这本集子取名为"散花"，主要是表明我现在的写作方式。我不再像年轻时候把写作当作一种攻坚，我已经没有写作之外的任何追求了；换句话说，写作是我纯粹的心灵和思想的随心所欲。

如果谁能体会到我这种写作的本质，我便视谁为知己。

关于散文写作的十一个提问

——笔答《中华散文》编辑部

一问：一九九〇年以后，出现了前所未有的"散文热"，"女性散文"、"大文化散文"、"先锋散文"、"后散文"、报纸副刊散文以及网络散文等各式各样的散文纷争并起。对于这种散文热的现象，你如何看？

答：由于文化的市场化，对这种一波未平、一波又起的"散文热"，要格外小心。它可能是商家导演的一种"商业造势"。当然，也可能是另一种"文化造势"，那是文坛的老毛病。喜欢名义，喜欢旗号，喜欢弄潮，喜欢有来头和由头。似乎这样可以乘风而起，人多势众，风头一时。往往"热"过之后，烟消云散了，留下的只是一片荒芜。其实散文最要平常心。一部小说可以闹得"惊天动地"，一篇散文却不会，散文没有那么大的体量和能量。

二问：当前的散文创作，你认为存在哪些值得注意的问题？

答：相互重复，造作而不自然，编造情感——这是最可怕的。

三问：一条小鱼长大了，再也无法在鱼缸里生存。它被放进大海。但是从此以后，这条鱼很烦恼，因为它再也没有撞过鱼缸壁。这个鱼缸壁，就是以往人们所定义的散文。以你的创作实践为标准，请重新定义"什么是散文"，谈一谈你对散文的基本认识。

答：小鱼儿碰到了自己的心灵，碰到了语言的灵性和自己的个性美，就碰到了散文的缸壁。小说更属于社会，散文更属于自己。但如今的小说在努力私人化，散文却致力于包罗万象而不堪重负。关于散文的定义，可能每个人都有一个说法。我想，不管怎么说，也离不开一句话：散文是抒发心灵的文字。如果再简一点，就是：散文是心灵的文字。由此来区别散文和随笔，即散文属于心灵，随笔属于大脑；散文源自心灵，随笔来自思考；散文更多情感色彩，随笔更多思辨成分。

四问："散文热"促进了散文的多元化发展；同时，散文的多元化，使得众多的写作者、读者对"什么是好散文"陷入了迷思。请你谈谈，一篇好散文的判断标准是什么？

答：第一，题材的发现性；第二，没有人使用过的细节；第三，语言讲究，有一些好句子。上边说的第一，表现作家对生活独特的视角；第二，表现作家对生活观察的敏锐与深度；第三，表现作家的文学（语言）才能。

五问：当前的创作中，散文的审美特性在哪里？它通过什么独特的途径，去抓住和表现我们这个时代的复杂经验？它怎么能够变成真正面对我们自身经验、面对我们自身灵魂的这么一种语言方式？这种语言方式又和小说、诗歌有何不同？

答：小说经常需要散文的片段，但散文不能有小说的片段。诗歌不能用散文的语言，散文却需要冒出诗的句子。

小说中的叙述者常常是虚构的，不是作家本人，所以小说的文本语言常常是虚构的叙述者的个性语言，不是作家本人的语言。但散文的语言只能是作家自己的。再有，在语言之外，支撑小说的是情节，支撑散文的是细节。需要说明的是，散文并不完全排斥虚构。它不能像小说那样虚构事件和人物，但可以虚构情境与气氛。虚构不是编造而是一种创造。虚构服从作家内心的需要，同时服从审美的需要。

六问：对你影响最大的散文家（中外不限，人数一至三名）是谁？你最喜欢的他的作品是什么？你为什么喜欢它？

答：作家一：屠格涅夫。作品：《猎人笔记》（丰子恺的译本）。理由：我们所记忆的人生都是片段性的，好的散文表现在一些好的片段上。这部《猎人笔记》充满无数好的片段——片段化而迷人的生活与风景。

作家二：苏轼。作品：《前赤壁赋》。理由：具有诗性和画意。实际上我国古代许多杰出的散文都具有诗性和画意。他们从这种诗性与画意出发去感受、升华与表述生活。苏轼告诉我们，把生活变为艺术不是在写作中，而是从感受生活时就开始了。

作家三：鲁迅。作品：《朝花夕拾》。理由：审美化的人生意境是一种很高贵的文学性。

七问：在文学发展史上，有一个很有趣的现象：一些作家，一人多面，既是诗人，又是小说家，还兼及创作散文。你怎样看待这种跨文体写作的现象？

答：一种体裁或形式只适于表现某一种东西。表达另一种东西，就必须使用另一种文学体裁与形式。文体不应该是作家的障碍，只会帮助和成全作家充分地表达自己。

八问：如今的散文创作，已经突破了主题的单一性，向多主题、变奏和协奏曲发展。你认为，这是二十一世纪散文的创作发展方向吗？前景如何？

答：是的。如今散文走向自由，它拥有更多可能。但我们无法为散文规定和预测"发展方向"，真正影响散文流变的是生活的改变与时代历史的变迁，还有读者审美的转变。谈到我们所期望的散文盛景时，我想，撑起一块晴天的是伞，撑出一片巨大的散文风景还需要几位散文大家的出现。

九问：这是一个关于读书的问题。有一座海上孤岛，风光秀美，请你去度假半年，在这座孤岛上，你衣食无忧，生活富足。但很遗憾，那里再也没有其他人与你交流。为保证享有自由的精神生活，你可以带一本（仅一本）自己喜欢的散文书。

你会带哪一本书？

答：书名《浮生六记》。

十问：为什么带这本书？

答：可以反复地看。似诗、亦画，读来适然，唤起浮想，一字一句都能推敲和咀嚼。中国的文学史，诗的成熟在先，散文在后。散文受诗的影响，颇讲究"炼字"，也就是讲究单个字的运用。汉语散文之精深也在于此。不像当今散文写作，一写一大片，过后记不住。

十一问：在你已完成的散文中，你最喜欢的是哪几篇？为什么?

答:作品一:《珍珠鸟》。理由:从中可看到自己的追求,即将境界视为上,无论是人生境界还是审美境界。

作品二:《书桌》。理由:许多片段都是我的画。能否用文字表现出内心的画面,是我判断自己散文成败的标准之一。

作品三:《致大海》。理由:我很少读自己的散文,但这篇不知读了多少次,每次读它的感觉都像又回到活生生的冰心的面前。

作品四:《癸未手记》。理由:为了写出我在文化普查和田野作业中复杂的感受、体验与思考,我尝试将散文、随笔及学术性的研究文字融为一体。我觉得这种文体恰好为我所用,写起来得心应手。当然,这只适合我写此类的东西。

附录一　冯骥才经典短篇小说选

泥人张

　　手艺道上的人，捏泥人的"泥人张"排第一。而且，有第一，没第二，第三差着十万八千里。

　　泥人张大名叫张明山，咸丰年间常去的地方有两处。一是东北城角的戏院大观楼，一是北关口的饭馆天庆馆。坐在那儿，为了瞧各样的人，也为捏各样的人。去大观楼要看戏台上的各种角色，去天庆馆要看人世间的各种角色。这后一种的样儿更多。

　　那天下雨，他一个人坐在天庆馆里饮酒，一边留神四下里吃客们的模样。这当儿，打外边进来三个人。中间一位穿得阔绰，大脑袋，中溜个子，挺着肚子，架势挺牛，横冲直撞往里走。站在迎门桌子上的"撂高的①"一瞅，赶紧吆喝着："益

———————————————

① 天津方言，意为伙计。

照临的张五爷可是稀客、贵客，张五爷这儿总共三位——里边请！"

一听这喊话，吃饭的人都停住嘴巴，甚至放下筷子瞧瞧这位大名鼎鼎的张五爷。当下，城里城外气最冲的要算这位靠着贩盐赚下金山的张锦文。他当年由于为盛京将军海仁卖过命，被海大人收为义子，排行老五，所以又有"海张五"一称。但人家当面叫他张五爷，背后叫他海张五。天津卫是做买卖的地界儿，谁有钱谁横，官儿也怵三分。可是手艺人除外。手艺人靠手吃饭，求谁？怵谁？故此，泥人张只管饮酒、吃菜，西瞧东看，全然没把海张五当个人物。

但是不一会儿，就听海张五那边议论起他来。有个细嗓门儿的说："人家台下一边看戏，一边手在袖子里捏泥人。捏完拿出来一瞧，台上的嘛样，他捏的嘛样。"跟着就是海张五的大粗嗓门儿说："在哪儿捏？在袖子里捏？在裤裆里捏吧！"随后一阵笑，拿泥人张找乐子。

这些话天庆馆里的人全都听见了。人们等着瞧艺高胆大的泥人张怎么"回报"海张五。一个泥团儿砍①过去？

---

① 天津方言，意为扔、丢。

只见人家泥人张听赛没听①，左手伸到桌子下边，打鞋底下抠下一块泥巴。右手依然端杯饮酒，眼睛也只瞅着桌上的酒菜，这左手便摆弄起这团泥巴来，几个手指飞快捏弄，比变戏法的刘秃子的手还灵巧。海张五那边还在不停地找乐子，泥人张这边肯定把那些话在他手里这团泥上全找回来了。随后手一停，他把这小泥团往桌上"叭"地一戳，起身去柜台结账。

吃饭的人伸脖一瞧，这泥人真捏绝了！就赛把海张五的脑袋割下来放在桌上一般。瓢似的脑袋，小鼓眼，一脸狂气，比海张五还像海张五。只是只有核桃大小。

海张五在那边，隔着两丈远就看出捏的是他。他朝着正走出门的泥人张的背影叫道："这破手艺也想赚钱，贱卖都没人要！"

泥人张头都没回，撑开伞走了。但天津卫的事没有这样完的——

第二天，北门外估衣街的几个小杂货摊上，摆出来一排排海张五泥像，还加了个身子，大模大样坐在那里，而且是翻模子扣的，成批生产，足有一二百个。摊上还都贴着个白字条，

① 天津方言，意为听了和没听一样。赛，意为像、和。

上边使墨笔写着：贱卖海张五。

估衣街上来来往往的人，谁看谁乐。乐完找熟人来看，再一块儿乐。

三天后，海张五派人花了大价钱，才把这些泥人全买走，据说连泥模子也买走了。泥人是没了，可"贱卖海张五"这事却传了一百多年，直到今儿个。

快手刘

　　人人在童年，都是时间的富翁，胡乱挥霍也使不尽。有时待在家里闷得慌，或者父亲嫌我太闹，打发我出去玩玩，我就不免要到离家很近的那个街口，去看快手刘变戏法。

　　快手刘是个撂地①摆摊卖糖的胖大汉子。他有个随身背着的漆成绿色的小木箱，在哪儿摆摊就把木箱放在哪儿。箱上架一条满是洞眼的横木板，洞眼插着一排排廉价而赤黄的棒糖。他变戏法是为了吸引孩子们来买糖，戏法十分简单，俗称"小碗扣球"。一块绢子似的黄布铺在地上，两只白瓷小茶碗，四只滴溜溜的大红玻璃球儿，就这再普通不过的三样道具，却叫他变得神出鬼没。他两只手各拿一只茶碗，你明明看见每只碗下边扣着两只红球儿，你连眼皮都没眨动一下，嘿！四只球儿

---

①　意为在庙会、集市、街头空地上演出。也说撂地摊。

竟然全都跑到一只茶碗下边去了，难道这球儿是从地下钻过去的？他就这样把两只碗翻来翻去，一边叫天喊地，东指一下手，西吹一口气，好像真有什么看不见的神灵做他的帮手，四只小球忽来忽去，根本猜不到它们在哪里。这种戏法比舞台上的魔术难变，舞台只有一边对着观众，街头上的土戏法，前后左右围一圈人，人们的视线从四面八方射来，容易看出破绽。有一次，我亲眼瞧见他手指飞快地一动，把一只球儿塞在碗下边扣住，便禁不住大叫：

"在右边那个碗底下哪，我看见了！"

"你看见了？"快手刘明亮的大眼珠子朝我惊奇地一闪，跟着换了一种正经的神气对我说，"不会吧！你可得说准了。猜错就得买我的糖。"

"行！我说准了！"我亲眼所见，所以一口咬定。自信使我的声音非常响亮。

谁知快手刘哈哈一笑，突然把右边的茶碗翻过来。

"瞧吧，在哪儿呢？"

咦，碗下边怎么什么也没有呢？只有碗口压在黄布上一道圆圆的印子。

难道球儿穿过黄布钻进左边那个碗下边去了？快手刘好像

知道我怎么猜想，伸手又把左边的茶碗掀开，同样什么也没有！球儿都飞了？只见他将两只空碗对口合在一起，举在头顶上，口呼一声："来！"双手一摇茶碗，里面竟然"哗哗"响，打开碗一看，四只球儿居然又都出现在碗里边。怪，怪，怪！

四边围看的人发出一阵惊讶不已的唏嘘之声。

"怎么样？你输了吧！不过在我这儿输了绝不罚钱，买块糖吃就行。这糖是纯糖稀熬的，单吃糖也不吃亏。"

我臊得脸发烫，在众人的笑声里买了块棒糖，站到人圈后边去。从此我只站在后边看了，再不敢挤到前边去多嘴多舌。他的戏法，在我眼里真是无比神奇了。这也是我童年真正钦佩的一个人。

他那时不过四十多岁吧，正当年壮，精饱神足，肉重肌沉，皓齿红唇，乌黑的眉毛像是用毛笔画上去的。他蹲在那里活像一只站着的大白象。一边变戏法，一边卖糖，发亮而外突的眸子四处流盼，照应八方；满口不住说着逗人的笑话。一双胖胖的手，指肚滚圆，却转动灵活，那四个小球就在这双手里忽隐忽现。我当时有种奇想：他的手好像是双层的，小球时时藏在夹层里。唉，孩提时代的念头，现在不会再有了。

这双异常敏捷的手，大概就是他绰号"快手刘"的来历。

他也这样称呼自己，以至于在我们居住那一带无人不知他的大名。我童年的许多时光，就是在这最最简单又百看不厌的土戏法里，在这一直也不曾解开的迷阵中，在他这双神奇莫测、令人痴想不已的快手之间消磨的。他给了我多少好奇的快乐呢？

那些伴随着童年的种种人和事，总要随着童年的消逝而远去。我上中学后就不常见到快手刘了。只是路过那街口时，偶尔碰见他。他依旧那样兴冲冲地变"小碗扣球"，身旁摆着插满棒糖的小绿木箱。此时我已经是懂事的大孩子了，不再会把他的手想象成双层的，却依然看不出半点破绽，身不由己地站在那里，饶有兴致地看了一阵子。我敢说，世界上再好的剧目，哪怕是易卜生和莎士比亚，也不能使我这样成百上千次看个不够。

我上高中是在外地。人一走，留在家乡的童年和少年就像合上的书。往昔美好的故事、亲切的人物、甜醉的情景，就像鲜活的花瓣夹在书页里，再翻开都变成了干枯的回忆。谁能使过去的一切复活？那去世的外婆，不知去向的挚友，妈妈乌黑的鬓发，久已遗失的那些美丽的书，那跑丢了的绿眼睛的小白猫……还有快手刘。

高中二年级的暑期，我回家度假。一天在离家不远的街口看见十多个孩子围着什么又喊又叫。走近一看，心中怦然一动，竟是快手刘！他依旧卖糖和变戏法，但人已经大变样子。十年不见，他好像度过了二十年，模样接近老汉。单是身旁摆着的那只木箱，就带些凄然的样子。它破损不堪，黑乎乎、黏腻腻，看不出一点先前那悦目的绿色。横板上插糖的洞孔，多年来给棒糖的竹棍捅大了，插在上边的棒糖东倒西歪。再看他，那肩上、背上、肚子上、臂上的肉都到哪儿去了呢，饱满的曲线没了，衣服下处处凸出尖尖的骨形来；脸盘仿佛小了一圈，眸子无光，更没有当初左顾右盼、流光四射的精神。这双手尤其使我动心——他分明换了一双手！手背上青筋缕缕，污黑的指头上绕着一圈圈皱纹，好像吐尽了丝而皱缩下去的老蚕……于是，当年一切神秘的气氛和绝世的本领都从这双手上消失了。他抓着两只碗口已经碰得破破烂烂的茶碗，笨拙地翻来翻去，那四只小球儿，一会儿没头没脑地撞在碗边上，一会儿从手里掉下来。他的手不灵了！孩子们叫起来："球在那儿呢！""在手里哪！""指头中间夹着哪！"在这喊声里，他慌张，手就愈不灵，抖抖索索搞得他自己也不知道球儿都在哪里了。无怪乎四周的看客只是寥寥一些孩子。

　　"在他手心里，没错！绝没在碗底下！"有个光脑袋的胖小子叫道。

　　我也清楚地看到，在快手刘扣过茶碗的时候，把地上的球儿取在手中。这动作缓慢迟钝，失误就十分明显。孩子们吵着闹着叫快手刘张开手，快手刘的手却攥得紧紧的，朝孩子们尴尬地揢出笑容。这一笑，满脸皱纹都挤在一起，好像一个皱纸团。他几乎用请求的口气说："是在碗里呢！我手里边什么也没有……"

　　当年神气十足的快手刘哪会用这种口气说话？这些稚气又认真的孩子偏偏不依不饶，非叫快手刘张开手不可。他哪能张手，手一张开，一切都完了。我真不愿意看见快手刘这一副狼狈的、惶惑的、无措的窘态。多么希望他像当年那次——由于我自作聪明，揭他老底，迫使他亮出一个捉摸不透的绝招。小球突然不翼而飞，呼之即来。如果他再使一下那个绝招，叫这些不知轻重的孩子领略一下名副其实的快手刘而瞠目结舌多好！但他老了，不再会有那花好月圆的岁月年华了。

　　我走进孩子们中间，手一指快手刘身旁的木箱说：

　　"你们都说错了，球儿在这箱子上呢！"孩子们给我这突如其来的话弄得莫名其妙，都瞅那木箱，就在这时，我眼角瞥见快手刘用一种尽可能快的速度把手心里的小球塞到碗下边。

　　"球在哪儿呢？"孩子们问我。

　　快手刘笑呵呵翻开地上的茶碗说：

　　"瞧，就在这儿哪！怎么样？你们说错了吧？买块糖吧，这糖是纯糖稀熬的，单吃糖也不吃亏。"

　　孩子们给骗住了，再不喊闹。一两个孩子掏钱买糖，其余的一哄而散。随后只剩下我和从窘境中脱出身来的快手刘，我一扭头，他正瞧我。他肯定不认识我。他皱着花白的眉毛，饱经风霜的脸和灰蒙蒙的眸子里充满疑问，显然他不明白，我这个陌生的青年何以要帮他一下。

好嘴杨巴

　　津门胜地，能人如林，此间出了两位卖茶汤的高手，把这种稀松平常的街头小吃，干得远近闻名。这二位，一位胖黑敦厚，名叫杨七；一位细白精明，人称杨八。杨七杨八，好赛哥儿俩，其实却无亲无故，不过他俩的爹都姓杨罢了。杨八本名杨巴，由于"巴"与"八"音同，杨巴的年岁、长相又比杨七小，人们便错把他当成杨七的兄弟。不过要说他俩的配合，好比左右手，又非亲兄弟可比。杨七手艺高，只管闷头制作；杨巴口才好，专管外场照应，虽然里里外外只这两人，既是老板又是伙计，闹得却比大买卖还红火。

　　杨七的手艺好，关键靠两手绝活。

　　一般茶汤是把秫米面沏好后，捏一撮芝麻撒在浮头，这样做香味只在表面，愈喝愈没味儿。杨七自有高招，他先盛半碗秫米面，便撒上一次芝麻，再盛半碗秫米面，沏好后又撒一次芝麻。这样一直喝到见了碗底都有香味。

他另一手绝活是，芝麻不用整粒的，而是先使铁锅炒过，再拿擀面杖压碎。压碎了，里面的香味才能出来。芝麻必得炒得焦黄不煳，不黄不香，太煳便苦；压碎的芝麻粒还得粗细正好，太粗费嚼，太细也就没嚼头了。这手活儿别人明知道也学不来。手艺人的能耐全在手上，此中道理跟写字、画画差不多。

可是，手艺再高，东西再好，拿到生意场上必得靠人吹。三分活，七分说，死人说活了，破货变好货，买卖人的功夫大半在嘴上。到了需要逢场作戏、八面玲珑、看风使舵、左右逢源的时候，就更指着杨巴那张好嘴了。

那次，李鸿章来天津，地方的府县道台费尽心思，究竟拿嘛样的吃喝才能把中堂大人哄得高兴？京城豪门，山珍海味不新鲜，新鲜的反倒是地方风味小吃，可天津卫的小吃太粗太土：熬小鱼刺多，容易卡嗓子；炸麻花梆硬，弄不好硌牙。琢磨三天，难下决断，幸亏知府大人原是地面上走街串巷的人物，嘛都吃过，便举荐出"杨家茶汤"。茶汤黏软香甜，好吃无险，众官员一齐称好，这便是杨巴发迹的缘由了。

这日下晌，李中堂听过本地小曲莲花落子，饶有兴味，满心欢喜，撒泡热尿，身爽腹空，要吃点心。知府大人忙叫"杨七杨八"献上茶汤。今儿,两人自打到这世上来,头次里外全新,青裤青褂,白巾白袜,一双手拿碱面洗得赛脱层皮那样干净。他俩双双将茶汤捧到李中堂面前的桌上,然后一并退后五步,垂手而立,说是听候吩咐,实是请好请赏。

李中堂正要尝尝这津门名品,手指尖将碰碗边,目光一落碗中,眉头忽地一皱,面上顿起阴云,猛然甩手"啪"地将一碗茶汤打落在地,碎瓷乱飞,茶汤泼了一地,还冒着热气儿。在场众官员吓蒙了,杨七和杨巴慌忙跪下,谁也不知中堂大人为嘛犯怒?

当官的一个比一个糊涂,这就透出杨巴的明白。他眨眨眼,立时猜到中堂大人以前没喝过茶汤,不知道撒在浮头的碎芝麻是嘛东西,一准当成不小心掉上去的脏土,要不哪会有这大的火气?可这样,难题就来了——

倘若说这是芝麻,不是脏东西,不等于骂中堂大人孤陋寡闻、没有见识吗?倘若不加解释,不又等于承认给中堂大人吃脏东西?说不说,都是要挨一顿臭揍,然后砸饭碗子。而眼下顶要紧的,是不能叫李中堂开口说那是脏东西。大人说话,不能改口。必须赶紧想辙,抢在前头说。

杨巴的脑筋飞快地一转两转三转,主意来了!只见他脑袋撞地，"咚咚咚"叩得山响，一边叫道："中堂大人息怒！小人不知道中堂大人不爱吃压碎的芝麻粒，惹恼了大人。大人不记小人过，饶了小人这次，今后一定痛改前非！"说完又是一阵响头。

李中堂这才明白，刚才茶汤上那些黄渣子不是脏东西，是碎芝麻。明白过后便想，天津卫九河下梢，人性练达，生意场上，心灵嘴巧。这卖茶汤的小子更是机敏过人，居然一眼看出自己错把芝麻当作脏土，而三两句话，既叫自己明白，又给自己面子。这聪明在眼前的府县道台中间是绝没有的，于是对杨巴心生喜欢，便说：

"不知者当无罪！虽然我不喜欢吃碎芝麻（他也顺坡下了），但你的茶汤名满津门，也该嘉奖！来人呀，赏银一百两！"

这一来，叫在场所有人摸不着头脑。茶汤不爱吃，反倒奖巨银，为嘛？傻啦？杨巴趴在地上，一个劲儿地叩头谢恩，心里头却一清二楚全明白。

自此，杨巴在天津城威名大震。那"杨家茶汤"也被人们改称作"杨巴茶汤"了。杨七反倒渐渐埋没，无人知晓。杨巴对此毫不内疚，因为自己成名靠的是自己一张好嘴，李中堂并没有喝茶汤呀！

刷子李

　　码头上的人，全是硬碰硬。手艺人靠的是手，手上就必得有绝活。有绝活的，吃荤，亮堂，站在大街中央；没能耐的，吃素，发蔫，靠边待着。这一套可不是谁家定的，它地地道道是码头上的一种活法。自来唱大戏的，都讲究闯天津码头。天津人迷戏也懂戏，眼刁耳尖，褒贬分明。戏唱得好，下边叫好捧场，像见到皇上，不少名角便打天津唱红唱紫、大红大紫；可要是稀松平常，要哪没哪，戏唱砸了，下边一准起哄喝倒彩，弄不好茶碗扔上去，茶叶末子沾满戏袍和胡须上。天下看戏，哪儿也没天津倒好叫得厉害。您别说不好，这一来也就练出不少能人来。各行各业，全有几个本领齐天的活神仙。刻砖刘、泥人张、风筝魏、机器王、刷子李，等等。天津人好把这种人的姓，和他们拿手擅长的行当连在一起称呼。叫长了，名字反没人知道。只有这一个绰号，在码头上响当当和当当响。

刷子李是河北大街一家营造厂的师傅。专干粉刷一行，别的不干。他要是给您刷好一间屋子，屋里任嘛甭放，单坐着，就赛升天一般美。最让人叫绝的是，他刷浆时必穿一身黑，干完活，身上绝没有一个白点。别不信！他还给自己立下一个规矩，只要身上有白点，白刷不要钱。倘若没这本事，他不早饿成干儿了？

但这是传说。人信也不会全信。行外的没见过的不信，行内的生气愣说不信。

一年的一天，刷子李收个徒弟叫曹小三。当徒弟的开头都是端茶、点烟，跟在屁股后边提东西。曹小三当然早就听说过师傅那手绝活，一直半信半疑，这回非要亲眼瞧瞧。

那天，头一次跟随师傅出去干活，到英租界镇南道给李善人新造的洋房刷浆。到了那儿，刷子李跟随管事的人一谈，才知道师傅派头十足。照他的规矩一天只刷一间屋子。这洋楼大小九间屋，得刷九天。干活前，他把随身带的一个四四方方的小包袱打开，果然一身黑衣黑裤，一双黑布鞋。穿上这身黑，就赛跟地上一桶白浆较上了劲。

一间屋子，一个屋顶四面墙，先刷屋顶后刷墙。顶子尤其难刷，蘸了稀溜溜粉浆的板刷往上一举，谁能一滴不掉？一掉准掉在身上。可刷子李一举刷子，就赛没有蘸浆。但刷子划过屋顶，立时匀匀实实一道白，白得透亮，白得清爽。有人说这蘸浆的手法有高招，有人说这调浆的配料有秘方。曹小三哪里看得出来？只见师傅的手臂悠然摆来，悠然摆去，好赛伴着鼓点，和着琴音，每一摆刷，那长长的带浆的毛刷便在墙面"啪"的清脆一响，极是好听。"啪啪"声里，一道道浆，衔接得天衣无缝，刷过去的墙面，真好比平平整整打开一面雪白的屏障。可是曹小三最关心的还是刷子李身上到底有没有白点？

刷子李干活还有个规矩，每刷完一面墙，必得在凳子上坐一大会儿，抽袋烟，喝一碗茶，再刷下一面墙。此刻，曹小三借着给师傅倒水、点烟的机会，拿目光仔细搜索刷子李的全身。每一面墙刷完，他搜索一遍，居然连一个芝麻大小的粉点也没发现。他真觉得这身黑色的衣服有种神圣不可侵犯的威严。

可是，当刷子李刷完最后一面墙，坐下来，曹小三给他点烟时，竟然瞧见刷子李裤子上出现一个白点，黄豆大小。黑中白，比白中黑更扎眼。完了！师傅露馅了，他不是神仙，往日传说中那如山般的形象轰然倒去。但他怕师父难堪，不敢说，也不敢看，可妨不住还要扫一眼。

这时候，刷子李忽然朝他说话：

"小三，你瞧见我裤子上的白点了吧？你以为师傅的能耐有假，名气有诈，是吧？傻小子，你再细瞧瞧吧——"

说着，刷子李手指捏着裤子轻轻往上一提，那白点即刻没了，再一松手，白点又出现，奇了！他凑上脸用神再瞧，那白点原是一个小洞！刚才抽烟时不小心烧的。里边的白衬裤打小洞透出来，看上去就跟粉浆落上去的白点一模一样！

刷子李看着曹小三发怔发傻的模样，笑道：

"你以为人家的名气全是虚的？那你在骗自己。好好学本事吧！"

曹小三学徒头一天，见到听到学到的，恐怕别人一辈子也未准明白呢！

雪夜来客

"听，有人敲门。"我说。

"这时候哪会有人来，是风吹得门响。"妻子在灯下做针线活，连头也没抬。

我细听，外边阵阵寒风呼呼穿过小院，只有风儿把雪粒抛打在窗玻璃上的"沙沙"声，掀动蒙盖煤筐的冻硬的塑料布的"哗哗啦啦"声，再有便是屋顶上那几株老槐树枝丫穿插的树冠，在高高的空间摇曳时发出的嘎嘎欲折的摩擦声了……谁会来呢？在这个人们很少往来的岁月里，又是暴风雪之夜，我这两间低矮的小屋，快给四外渐渐加厚的冰冷的积雪埋没了。此刻，几乎绝对只有我和妻子默默相对，厮守着那烧红的小火炉和炉上"咝咝"叫的热水壶。台灯洁净的光，一闪闪照亮她手里的针和我徐徐吐出的烟雾。也许我们心里想得完全一样就没话可说，也许故意互不打扰，好任凭想象来陪伴各自寂寞的心。我常常巴望有只迷路的小猫来挠门，然而飘进门缝的只有雪花，一挨地就消失不见了……

咚！咚！咚！

"不——"我说确实有人敲门。

妻子已撂下活计，到院里去开门。我跟出去。在那个充满意外的时代，我担心意外。

大门打开。外边白茫茫的雪地里站着一个挺宽的、黑乎乎的身影。谁？

"你是谁？"我问。

那人不答，竟推开我，直走进屋去。我和妻子把门关上，走进屋，好奇地看着这个莫名其妙的不速之客。他给皮帽、口罩、围巾、破旧的棉衣包裹得严严实实。我刚要再问，来客用粗拉拉的男人浊重的声音说：

"怎么？你不认识，还是不想认识？"

一听这声音，我来不及说，甚至来不及多想一下，就张开双臂，同他紧紧拥抱一起。哟哟，我的老朋友！

我的下巴在他的肩膀上颤抖着：

"你……怎么会……你给放出来了？"

他没答话。我松开臂膀，望着他。他摘下口罩后的脸颊水渍斑斑，不知是外边沾上的雪花融化了，还是冲动的热泪。只见他嘴角痉挛似的抽动，眼里射出一种强烈的情绪。看来，这个粗豪爽直、一向心里搁不住话的人，一准要把他的事全倒出来了。谁料到，他忽然停顿一下，竟把这情绪收敛住，手一摆：

"先给我弄点吃的，我好冷，好饿！"

"呵——好！"我和妻子真是异口同声，同时说出这个"好"字。

我点支烟给他。跟着我们就忙开了——

家里只有晚饭剩下的两个馍馍和一点白菜丝儿，赶紧热好端上来。妻子从床下的纸盒里翻出那个久存而没舍得吃掉的一听沙丁鱼罐头，打开放在桌上。我拉开所有抽屉柜门，恨不得找出山珍海味来，但被抄过的家像战后一样艰难！经过一番紧张的搜索，只找到一个松花蛋、一点木耳的碎屑、一小束发黄并变脆的粉丝，再有便是从一个瓶底"磕"下来的几颗黏糊糊的小虾干了，这却得到妻子很少给予的表扬。她眉开眼笑地朝着我："你真行，这能做一碗汤！"随后她像忽然想到一件宝贝似的对我说：

"你拿双干净筷子夹点泡菜来。上边是新添上的，还生。坛底儿有不少呢！"

待我把冒着酸味和凉气的泡菜端上来时，桌上总算有汤有菜，有凉有热了。

"凑合吃吧！太晚了，没处买去了。"我对老朋友说。

"汤里再有一个鸡蛋就好了。"妻子含着歉意说。

他已经脱去棉外衣，一件不蓝不灰、领口磨毛、袖口耷拉线穗儿的破绒衣，紧紧裹着他结实的身子，被屋里的热气暖和过来的脸微微泛出好看的血色。

他把烟掐灭，搓着粗糙的大手。眼瞪着这凑合起来的五颜六色的饭菜，真诚地露出惊喜，甚至有点陶醉的神情："这，这简直是一桌宴席呀！"然后咽一口口水，说，"不客气了！"就急不可待抓起碗筷，狼吞虎咽起来。他像饿了许多天，东西到嘴里来不及尝一尝、嚼一嚼，就吞下去，却一个劲儿、无限满足、"呜噜呜噜"地说："好极了，真是好极了，真香！"

这仅仅是最普通、最简单，以至有点寒酸的家常饭呀，看来他已经许久没吃到这温暖的人间饭食了。

女人最敏感。妻子问他：

"你刚刚给放出来，还没回家吧？"

我抢过话说："听说你爱人曾经……"我急着要把自己知道的情况说出来。

他听了，脸一偏，目光灼灼直对我。我的话立即给他这奇怪却异常冷峻的目光止住了，嘴巴半张着。怎么？我不明白。

妻子给我一个眼色，同时把话岔开：

"年前，我在百货大楼前还看见嫂子呢！"

谁知老朋友听了，毫无所动。他带着苦笑和凄情摇了摇头，声调降到最低：

"不，你不会看见她了……"

怎么？他爱人死了，还是同他离婚而远走高飞了？反正他的家庭已经破碎，剩下孤单单的自己，那么他从哪儿来，到哪儿去？

一时，我和妻子不知该说什么，茫然无措地望着他，仿佛等待他把自己那非同寻常的遭遇说出来。

他该说了！若在以前，他早就说了——

我等待着……然而，当他的目光一碰到冒着热气儿的饭呀菜呀，忽然又把厚厚的大手一摆，好像把聚拢在面上的愁云拨开，脸颊和眸子顿时变得清亮，声调也升高起来：

"哎，有酒吗？来一杯！"

"酒？"我和妻子好像都没反应过来。

"对！酒！这么好的菜哪能没酒？"他说，脸上露出一种并非自然的笑容。但这笑容分明克制住刚才那浸透着痛楚的愁容了。

"噢……有，不过只有做菜用的绍兴酒。"妻子说，"咱北方人可喝不惯这种酒。"

"管它呢！是酒就行！来，喝！"他说，话里有种大口痛饮、一醉方休的渴望。

"那好。"妻子拿来酒，"要不要温一下？"

"不不，这就蛮好！"他说着伸手就拿酒。

还是妻子给他斟满。他端起酒叫道：

"为什么叫我独饮？快两年没见了，还能活着坐在一起，多不易！来来来，一起来！"

真应该喝一杯！我和妻子有点激动，各自斟了一杯。当这漾着金色液体的酒杯一拿起来，我感觉，我们三人心中都涌起一种患难中老友相逢、热烘烘、说不出是甜是苦的情感。碰杯前的刹那，我止不住说：

"祝你什么呢？一切都还不知道……"

他这张宽大的脸"腾"地变红，忽闪闪的眸子像在燃烧，看来他要依从自己的性格，倾吐真情了。然而当他看到我这被洗劫过而异常清贫的小屋，四壁凄凉，他把厚厚的嘴唇闭上，只见他喉结一动一动，好像在把将要冲出喉咙的东西强咽下去。他摆了摆手，用一种在他的个性中少见的深沉的柔情，瞅了瞅我和妻子，声音竟然那么多愁善感：

"不说那些，好吧！今儿，这里，我，你们，这一切就足够了。还有什么比这一切更好？就为眼前这一切干杯吧！"

一下子，我理解了他此时的心情。我妻子——女人总是更能体会别人的心——默默朝他点头表示同意。

我们把酒朝他举过去，好像两颗心，"当"地碰响了他那强烈抖动的杯子。

我们各饮一大口。

酒不是水。他不能把心中燃起的情感熄灭，相反会加倍地激起来。

瞧他——抓起身边的帽子戴上头又扔下，忙乱的手把外边的绒衣直到里边衬衫的扣子全解开了。他的眉毛不安地跳动着，目光忽而侧视凝思，忽而咄咄逼人地直对着我；心中的苦楚给这辛辣的液体一激，仿佛再也遏止不住而要急雨般倾泻出来……

我和妻子赶忙劝他吃菜、饮酒，不给他说话的机会。只要他张开嘴，不等他说，就忙抓起酒杯堵上去。

我们又像在水里拦截一条来回奔跑的鱼，手忙脚乱，却又做得不约而同。

他，忽然用心地瞧我们一眼。这一眼肯定对我们的意图心领神会了。他便安静下来，表情变得松弛平和，只是吃呀、饮呀，连连重复一个"好"字……随后就乐陶陶地摇头晃脑。我知道他的酒量，他没醉，而是尽享着阔别已久的人间气息，尽享着洋溢在我们中间纤尘皆无的透明的挚诚……不用说，我们从生活的虚伪和冷酷的荆棘中穿过，当然懂得什么是最宝贵的。生活是不会亏待人的。它往往在苦涩难当的时候，叫你尝到最甜的蜜。这时，我们已经互相理解，完全默契了。我给他点上烟。抽着烟，我们相对不语，只是默然微笑着。隔着徐徐发蓝的烟雾，对方可亲的笑容或隐或现。是啊，现在似乎只有微笑才能保住这甜蜜的情景。由于这微笑是给予对方的，才放进去那么多关切、痛惜、抚慰和鼓励，才笑得这么倾心、这么充实、这么痴醉，一直微笑得眼眦里颤动着发涩的泪水来。

如果任何美好的事物都是有限的，我们今天的相见就应该到此为止。恰恰这时，老朋友拿起帽子扣在头上，起身告辞了。啊，我们可是真正懂得怎样爱惜生活了！

外边依旧大风大雪，冰天冻地。

在冷风呼啸的大门口分手的一瞬，他见我嘴唇一动，忙伸手打个手势止住我。我朝他点头，也算作告别吧！他便带着一种真正的满足，拉高衣领，穿过冰风冷雪去了。

他至走什么也没说。

那天，我和妻子不知在寒风里站了多久。

大风雪很快盖住他的脚印。一片白茫茫，好像他根本没来过。这却是他，留给我的一块最充实的空白……

附录二　冯骥才经典散文选

珍珠鸟

　　真好！朋友送我一对珍珠鸟。放在一个简易的竹条编成的笼子里，笼内还有一卷干草，那是小鸟舒适又温暖的巢。

　　有人说，这是一种怕人的鸟。

　　我把它挂在窗前。那儿还有一盆异常茂盛的法国吊兰。我便用吊兰长长的、串生着小绿叶的垂蔓蒙盖在鸟笼上，它们就像躲进深幽的丛林一样安全，从中传出的笛儿般又细又亮的叫声，也就格外轻松自在了。

　　阳光从窗外射入，透过这里，吊兰那些无数指甲状的小叶，一半成了黑影，一半被照透，如同碧玉，斑斑驳驳，生意葱茏。小鸟的影子就在这中间隐约闪动，看不完整，有时连笼子也看不出，却见它们可爱的鲜红小嘴儿从绿叶中伸出来。

　　我很少扒开叶蔓瞧它们，它们便渐渐敢伸出小脑袋瞅瞅我。我们就这样一点点熟悉了。

三个月后，那一团越发繁茂的绿蔓里边，发出一种尖细又娇嫩的鸣叫。我猜到，是它们有了雏儿。我呢？绝不掀开叶片往里看，连添食加水时也不睁大好奇的眼去惊动它们。过不多久，忽然有一个小脑袋从叶间探出来。更小哟，雏儿！正是这个小家伙！

它小，就能轻易地由疏格的笼子钻出身。瞧，多么像它的母亲。红嘴红脚，灰蓝色的毛，只是后背还没有生出珍珠似的圆圆的白点。它好肥，整个身子好像一个蓬松的球儿。

起先，这小家伙只在笼子四周活动，随后就在屋里飞来飞去，一会儿落在柜顶上，一会儿神气十足地站在书架上，啄着书背上那些大文豪的名字，一会儿把灯绳撞得来回摇动，跟着跳到画框上去了。只要大鸟在笼里生气地叫一声，它立即飞回笼里去。

我不管它。这样久了，打开窗子，它最多只在窗框上站一会儿，绝不飞出去。

渐渐它胆子大了，就落在我书桌上。

它先是离我较远，见我不去伤害它，便一点点挨近，然后蹦到我的杯子上，俯下头来喝茶，再偏过脸瞧瞧我的反应。我只是微微一笑，依旧写东西，它就放开胆子跑到稿纸上，绕着我的笔尖蹦来蹦去，跳动的小红爪子在纸上发出嚓嚓响。

我不动声色地写，默默享受着这小家伙亲近的情意。这样，它完全放心了。索性用那涂了蜡似的、角质的小红嘴，"嗒嗒"地啄着我颤动的笔尖。我用手抚一抚它细腻的绒毛，它也不怕，反而友好地啄两下我的手指。

有一次，它居然跳进我的空茶杯里，隔着透明光亮的玻璃瞅我。它不怕我突然把杯口捂住。是的，我不会。

白天，它这样淘气地陪伴我；天色入暮，它就在父母的再三呼唤声中，飞向笼子，扭动滚圆的身子，挤开那些绿叶钻进去。

有一天，我伏案写作时，它居然落到我的肩上。我手中的笔不觉停了，生怕惊跑它。待一会儿，扭头看，这小家伙竟趴在我的肩头睡着了，银灰色的眼睑盖住眸子，小红脚刚好给胸脯上长长的绒毛盖住。我轻轻抬一抬肩，它没醒，睡得好熟！还呷呷嘴，难道在做梦！

我笔尖一动，流泻下一时的感受：

信赖，往往创造出美好的境界。

挑山工

一

你见过泰山的挑山工吗？这是种很奇特的人！

不知别处对这种运货上山的民夫怎样称呼，这儿习惯叫作"挑山工"。单从"挑山"二字，就可以体会出这种工作非凡的艰辛。肩挑着百十斤的重物，从山下直挑到烟云缭绕、鸟儿都难飞得上去的山顶，谁敢一试？更何况，这被誉为"五岳之首"的泰山，自有其巍巍而不可征服的威势。从山根直至极顶处，一条道儿，全是高高的石头台阶，简直就是一架直上直下的万丈天梯。在通向南天门的十八盘道上，那些游山来的健壮的男儿，也不免气喘吁吁。一般人更是精疲力竭，抓着道旁的铁栏，把身子一点点往上移，每爬上十来级台阶，就要停下来歇一歇。只有这时,你碰到一个挑山工——他给重重的挑儿压塌了腰,汗水湿透衣衫,两条腿上的肌条筋缕都清晰地凸现在外,默不作声,一步一步,吃力又坚忍地走过你身旁,登了上去。你那才算是约略知道"挑山"二字的滋味……

挑山工,大概自古就有。山头那些千年古刹所用的一切建筑材料,都是从山下运上来的。你瞧着这些构造宏伟的古建筑上巨大的梁柱础石、沉重的铜砖铁瓦,再低头俯望一条灰白的山路,如同一根细绳,蜿蜒曲折,没入茫茫的谷底。你就会联想到,当年为了建造这些庙宇寺观,为了这壮观的美,挑山工们付出了怎样艰巨和惊人的劳动!

我少时来游泰山,山顶上还有三四十户人家,家中的男人大多是挑山工,给山上的国营招待所运送食品货物以为生计。清早,他们拿了扁担绳索,带着晨风晓露下山去,后晌随着一片暮云夕阳,把货物挑上山来。星光烁烁时,家家都开夜店,留宿在山头住一夜而打算转天早起观瞻日出的游人,收费却比国营招待所低廉。他们的屋子是石头垒的。山上风大,小屋都横竖卧在山道两旁的凹处,屋顶与道面一般平。屋里边简陋得几乎什么也没有,用来招待客人的,只有一条脏被和热开水。为了招待主顾,各家门首还挂着一个小幌牌,写着店名。有的叫"棒槌店"，就在木牌两边挂一对小木棒槌；有的叫"勺儿店"，便挂一对乌黑的小生铁勺儿，下边拴些红布穗子，随风摇摆，"叮当"轻响。不过，你在这店里睡不好觉。劳累了一天的挑山工和客人们睡在一张炕上。他们要整整打上一夜松涛般呼呼作响的鼾声……

在这些小石屋中间，摆着一件非常稀罕的东西。远看一人多高，颜色发黑，又圆又粗，两个人才能合抱过来。上边缀满繁密而细碎的光点，熠熠闪烁，好像一块巨型的金星石。近处一看，原来是一口特大的水缸，缸身满是裂缝，那些光点竟是数不清的连合破缝的锔子，估计总有一两千个，颇令人诧异。我问过山民，才知道，山顶没有泉眼，缺水吃，山民们用这口缸储存雨水。为什么打了这么多锔子呢？据说，三百多年前，山上住着一百多户人家。每天人们要到半山间去取水，很辛苦。一年，从这些人家中，长足了八个膀大腰圆、力气十足的小伙子。大家合计一下，在山下的泰安城里买了这口大缸。由这八个小伙子出力，整整用了七七四十九天，才把大缸抬到山顶。以后，山上人家愈来愈少，再也不能凑齐那样八个健儿，抬一口新缸来。每次缸裂了，便到山下请上来一位锔缸的工匠，锔上裂缝。天长日久，就成了这样子。

240

听了这故事，你就不会再抱怨山顶饭菜价钱的昂贵。山上烧饭用的煤，也是一块块挑上来的呀！

二

在泰山上，随处都可以碰到挑山工。他们肩上架一根光溜溜的扁担，两端翘起处，垂下几根绳子，拴挂着沉甸甸的物品。登山时，他们的一条胳膊搭在扁担上，另一条胳膊垂着，伴随登踏的步子有节奏地一甩一甩，以保持身体平衡。他们的路线是折尺形的——先从台阶的一端起步，斜行向上，登上七八级台阶，就到了台阶的另一端；便转过身子，反方向斜行，到一端再转回来，一曲一折向上登。每次转身，扁担都要换一次肩，这样才能使垂挂在扁担前头的东西不碰在台阶的边沿上，也为了省力。担了重物，照一般登山那样直上直下，膝头是受不住的。但路线曲折，就使路程加长。挑山工登一次山，大约多于游人们路程的一倍！

你来游山，一路上观赏着山道两旁的奇峰异石、巉岩绝壁、参天古木、飞烟流泉，心情喜悦，步子兴冲冲。可是当你走过这些肩挑重物的挑山工的身旁时，会禁不住用一种同情的目光，注视他们一眼。你会因为自己身无负载而倍觉轻松，反过来，又为他们感到吃力和劳苦，心中生出一种负疚似的情感……而他们呢？默默地，不动声色，也不同游人搭话——除非向你问问时间。一步步慢吞吞地走自己的路。任你怎样嬉叫闹喊，也不会惊动他们。他们却总用一种缓慢又平均的速度向上登，很少停歇。脚底板在石阶上发出坚实有力的"嚓嚓"声。在他们走过之处，常常会留下零零落落的汗水的滴痕……

奇怪的是，挑山工的速度并不比你慢。你从他们身边轻快地超越过去，自觉把他们甩在后边很远。可是，你在什么地方饱览四周雄美的山色；或在道边诵读与抄录凿刻在石壁上的爬满青苔的古人的题句；或在喧闹的溪流前洗脸濯足，他们就会在你身旁慢吞吞、不声不响地走过去，悄悄地超过了你。等你发现他走在你的前头时，会吃一惊，茫然不解，以为他们是像仙人那样腾云驾雾赶上来的。

有一次，我同几个画友去泰山写生，就遇到过这种情况。我们在山下的斗姥宫前买登山用的青竹杖肘，遇到一个挑山工。矮个子，脸儿黑生生，眉毛很浓，大约四十来岁，敞开的白土布褂子中间露出鲜红的背心。他扁担一头拴着几张黄木凳子，另一头捆着五六个青皮西瓜。我们很快就越过他去。可是到了回马岭那条陡直的山道前，我们累了，舒开身子，躺在一块平平的被山风吹得干干净净的大石头上歇歇脚，这当儿，竟发现那挑山工就坐在对面的草茵上抽着烟。随后，我们差不多同时起程，很快就把他甩在身后，直到看不见。但当我爬上半山的五松亭时，却见他正在那株姿态奇特的古松下整理他的挑儿。褂子脱掉，现出黑黝黝、健美的肌肉和红背心。我颇感惊异，走过去假装问道，让支烟，跟着便没话找话，和他攀谈起来。这山民倒不拘束，挺爱说话。他告诉我，他家住在山脚下，天天挑货上山。一年四季，一天一个来回。他干了近二十年。然后他说："您看俺个子小吗？干挑山工的，长年给扁担压得长不高，都是矮粗。像您这样的高个儿干不了这种活儿。走起来，晃晃悠悠哪！"

他逗趣似的一抬浓眉，咧开嘴笑了，露出皓白的牙齿。山民们喝泉水，牙齿都很白。

这么一来，谈话更随便些，我便把心中那个不解之谜说出来：

"我看你们走得很慢，怎么反而常常跑到我们前边来了呢？你们有什么近道儿吗？"

他听了，黑生生的脸上显出一丝得意之色。他吸一口烟，吐出来，好像做了一点思考，才说：

"俺们哪里有近道，还不和你们是一条道？你们是走得快，可你们在路上东看西看，玩玩闹闹，总停下来呗！俺们跟你们不一样。不能像你们在路上那么随便，高兴怎么就怎么。一步踩不实不行，停停住住更不行。那样，两天也到不了山顶。就得一个劲儿总往前走。别看俺们慢，走长了就跑到你们前边去了。瞧，是不是这个理儿？"

我笑吟吟、心悦诚服地点着头。我感到这山民的几句话里，似乎蕴藏着一种意味深长的哲理、一种切实而朴素的思想。我来不及细细嚼味，做些引申，他就担起挑儿起程了。在前边的山道上，在我流连山色之时，他还是悄悄超过了我，提前到达山顶。我在极顶的小卖部门前碰见他，他正在那里交货。我们的目光相遇时，他略表相识地点头一笑，好像对我说：

"瞧，俺可又跑到你的前头来了！"

我自泰山返回家后，就画了一幅画——在陡直而似乎没有尽头的山道上，一个穿红背心的挑山工给肩头的重物压弯了腰，却一步步、不声不响、坚忍地向上登攀。多年来，这幅画一直挂在我的书桌前，不肯换掉，因为我需要它……

黄山绝壁松

黄山以石奇、云奇、松奇名天下。然而登上黄山，给我以震动的是黄山松。

黄山之松布满黄山。由深深的山谷至大大小小的山顶，无处无松。可是我说的松只是山上的松。

山上有名气的松树颇多。如迎客松、望客松、黑虎松、连理松，等等，都是游客们争相拍照的对象。但我说的不是这些名松，而是那些生在极顶和绝壁上不知名的野松。

黄山全是石峰。裸露的巨石侧立千仞，光秃秃没有土壤，尤其那些极高的地方，天寒风疾，草木不生，苍鹰也不去那里，一棵棵松树却破石而出，伸展着优美而碧绿的长臂，显示其独具的气质。世人赞叹它们独绝的姿容，很少去想在终年的烈日下或寒飙中，它们是怎样存活和生长的？

一位本地人告诉我，这些生长在石缝里的松树，根部能够分泌一种酸性的物质，腐蚀石头的表面，使其化为养分被自己吸收。为了从石头里寻觅生机，也为了牢牢抓住绝壁，以抵抗不期而至的狂风的撕扯与摧折，它们的根日日夜夜与石头搏斗着，最终不可思议地穿入坚如钢铁的石体。细心便能看到，这些松根在生长和壮大时常常把石头从中挣裂！还有什么树木有如此顽强的生命力？

我在迎客松后边的山崖上仰望一处绝壁，看到一条长长的石缝里生着一株幼小的松树。它高不及一米，却旺盛而又有活力。显然曾有一颗松子飞落到这里，在这冰冷的石缝间，什么养料也没有，它却奇迹般生根发芽，生长起来。如此幼小的树也能这般顽强？这力量是来自物种本身，还是在一代代松树坎坷的命运中磨砺出来的？我想，一定是后者。我发现，山上之松与山下之松绝不一样。那些密密实实拥挤在温暖的山谷中的松树，干直枝肥，针叶鲜碧，慵懒而富态；而这些山顶上的绝壁松却是枝干瘦硬，树叶黑绿，矫健又强悍。这绝壁之松是被恶劣与凶险的环境强化出来的。它遒劲和富于弹性的树干，是长期与风雨搏斗的结果；它远远地伸出的枝叶是为了更多地吸取阳光。这一代代艰辛的生存记忆，已经化为一种个性的基因，潜入绝壁松的骨头里。为此，它们才有着如此非凡的性格与精神。

它们站立在所有人迹罕至的地方。那些荒峰野岭的极顶，那些下临万丈的悬崖峭壁，那些凶险莫测的绝境，常常可以看到三两棵甚至只有一棵孤松，十分夺目地立在那里。它们彼此姿态各异，也神情各异，或英武，或肃穆，或孤傲，或寂寞。远远望着它们，会心生敬意。但它们——只有站在这些高不可攀的地方，才能真正看到天地的浩荡与博大。

于是，在大雪纷飞中，在夕阳残照里，在风狂雨骤间，在云烟明灭时，这些绝壁松都像一个个活着的人：像站立在船头镇定又从容地与激浪搏斗的艄公，像战场上永不倒下的英雄，像沉静的思想者，像超逸又具风骨的文人……在一片光亮晴空的映衬下，它们的身影就如同用浓墨画上去的一样。

但是，别以为它们全像画中的松树那么漂亮。有的枝干被飓风吹折，暴露着断枝残干，但另一些枝叶仍很苍郁；有的被酷热与冰寒打败，只剩下赤裸的枯骸，却依旧尊严地挺立在绝壁之上。于是，一个强者应当有的品质——刚强、坚韧、适应、忍耐、奋取与自信，它全都具备。

现在可以说了，在黄山这些名绝天下的奇石、奇云、奇松中，石是山的体魄，云是山的情感，而松——绝壁之松是黄山的灵魂。

时光

　　一岁将尽，便进入一种此间特有的情氛中。平日里奔波忙碌，只觉得时间的紧迫，很难感受到"时光"的存在。时间属于现实，时光属于人生。然而到了年终时分，时光的感觉乍然出现。它短促、有限、性急，你在后边追它，却始终抓不到它飘举的衣袂，它飞也似的向着年的终点扎去。等到你真的将它超越，年已经过去，那一大片时光便留在过往不复的岁月里了。

　　今晚突然停电，摸黑点起蜡烛。烛光如同光明的花苞，宁静地浮在漆黑的空间里；室内无风，这光之花苞便分外优雅与美丽；些许的光散布开来，朦胧依稀地勾勒出周边的事物。没有电就没有音乐相伴，但我有比音乐更好的伴侣——思考。

　　可是对于生活最具悟性的，不是思想者，而是普通大众。比如大众俗语中，把临近年终这几天称作"年根儿"，多么真切和形象！它叫我们顿时发觉，一棵本来是绿意盈盈的岁月之树，已被我们消耗殆尽，只剩下一点点根底。时光竟然这样的紧迫、拮据与深浓……

一下子，一年里经历过的种种事物的影像全都重叠地堆在眼前。不管这些事情怎样庞杂与艰辛，无奈与突兀，我更想从中找到自己的足痕。从春天落英缤纷的京都退藏到冬日小雨空蒙的雅典德尔菲遗址；从重庆荒芜的红卫兵墓到津南那条神奇的蛤蜊堤；从一个会场到另一个会场，一个活动到另一个活动中；究竟哪一些足迹至今清晰犹在，哪一些足迹杂沓模糊甚至早被时光干干净净一抹而去？

我瞪着眼前的重重黑影，使劲看去。就在烛光散布的尽头，忽然看到一双眼睛正直对着我。目光冷峻锐利，逼视而来。这原是我放在那里的一尊木雕的北宋天王像，然而此刻他的目光却变得分外有力。它何以穿过夜的浓雾，穿过漫长的八百年，锐不可当、拷问似的直视着任何敢于朝他瞧上一眼的人？显然，是由于八百年前那位不知名的民间雕工传神的本领、非凡的才气；他还把一种阳刚正气和直逼邪恶的精神注入其中。如今那位无名雕工早已了无踪影，然而他那令人震撼的生命精神却保存下来。

在这里，时光不是分毫不曾消逝吗？

植物死了，把它的生命留在种子里；诗人离去，把他的生命留在诗句里。

时光对于人，其实就是生命的过程。当生命走到终点，不一定消失得没有痕迹，有时它还会转化为另一种形态存在或再生。母与子的生命转换，不就在延续着整个人类吗？再造生命，才是最伟大的生命奇迹。而此中，艺术家们应是最幸福的一种。唯有他们能用自己的生命去再造一个新的生命。小说家再造的是代代相传的人物；作曲家再造的是他们那个可以听到的迷人而永在的灵魂。

此刻，我的眸子闪闪发亮，视野开阔，房间里的一切艺术珍品都一点点地呈现。它们不是被烛光照亮，而是被我陡然觉醒的心智召唤出来的。

其实我最清晰和最深刻的足迹，应是书桌下边，水泥地面上那两个被自己的双足磨成的浅坑。我的时光只有被安顿在这里，它才不会消失，而被我转化成一个个独异又鲜活的生命，以及一行行永不褪色的文字。然而我一年里把多少时光抛入尘嚣，或是支付给种种一闪即逝的虚幻的社会场景。甚至有时属于自己的时光反成了别人的恩赐。检阅一下自己创造的人物吧，掂量他们的寿命有多长。艺术家的生命是用他艺术的生命计量的。每个艺术家都有可能达到永恒，放弃掉的只能是自己。是不是？

迎面那宋代天王瞪着我，等我回答。

我无言以对，尴尬到了自感狼狈。

忽然，电来了，灯光大亮，事物通明，恍如更换天地。刚才那片幽阔深远的思想世界顿时不在，唯有烛火空自燃烧，显得多余。再看那宋代的天王像，在灯光里仿佛换了一副神气，不再那样咄咄逼人了。

我也不用回答他，因为我已经回答自己了。

苦夏

这一日，终于撂下扇子。来自天上干燥清爽的风，忽吹得我衣飞举，并从袖口和裤管钻进来，把周身滑溜溜地抚动。我惊讶地看着阳光下依旧夺目的风景，不明白数日前那个酷烈非常的夏天突然到哪里去了。

是我逃遁似的一步跳出了夏天，还是它就像一九七六年的"文化大革命"那样——在一夜之间崩溃？

身居北方的人最大的福分，便是能感受到大自然的四季分明。我特别能理解一位新加坡朋友，每年冬天要到中国北方住上十天半个月，否则会一年里周身不适。好像不经过一次冷处理，他的身体就会发酵。他生在新加坡，祖籍中国河北；虽然人在"终年都是夏"的新加坡长大，血液里肯定还执着地潜伏着大自然四季的节奏。

四季是来自宇宙的最大的节拍。在每一个节拍里，大地的景观便全然变换与更新。四季还赋予地球以诗，故而悟性极强的中国人，在四言绝句中确立的法则是：起，承，转，合。这四个字恰恰就是四季的本质。起始如春，承续似夏，转变若秋，合拢为冬。合在一起，不正是地球生命完整的一轮？为此，天地间一切生命全都依从着这一节拍，无论岁岁枯荣与生死的花草百虫，还是长命百岁的漫漫人生。然而在这生命的四季里，最壮美和最热烈的不是这长长的夏吗？

女人们孩提时的记忆散布在四季；男人们的童年往事大多是在夏天里。这是由于，我们儿时的伴侣总是各种各样的昆虫，像蜻蜓、天牛、蚂蚱、螳螂、蝴蝶、蝉、蚂蚁、蚯蚓，此外还有青蛙和鱼儿。它们都是夏日生活的主角，每个小动物都给我们带来无穷的快乐。甚至我对家人和朋友们记忆最深刻的细节，也都与此有关。比如妹妹一见到壁虎就发出一种特别恐怖的尖叫，比如邻家那个斜眼的男孩子专门残害蜻蜓，比如同班一个最好看的女生头上花形的发卡，总招来蝴蝶落在上边；再比如，父亲睡在铺了凉席的地板上，夜里翻身居然压死了一只蝎子。这不可思议的事使我感到父亲的无比强大。后来父亲挨斗，挨整，写检查；我劝慰和宽解他，怕他自杀，替他写检查——那是我最初写作的内容之一。这时候父亲那种强大感便不复存在。生活中的一切事物，包括夏天的意味全都发生了变化。

在快乐的童年里，根本不会感到蒸笼般夏天的难耐与难熬。唯有在此后艰难的人生里，才体会到苦夏的滋味。快乐把时光缩短，苦难把岁月拉长，一如这长长的仿佛没有尽头的苦夏。但我至今不喜欢谈自己往日的苦楚与磨砺。相反，我却从中领悟到"苦"字的分量。苦，原是生活中的蜜。人生的一切收获都压在这沉甸甸的"苦"字的下边。然而一半的"苦"字下边又是一无所有。你用尽平生的力气，最终所获与初始时的愿望竟然去之千里。你该怎么想？

于是我懂得了这苦夏——它不是无尽头的暑热的折磨，而是我们顶着毒日头默默又坚忍的苦斗的本身。人生的力量全是对手给的，那就是要把对手的压力吸入自己的骨头里。强者之力最主要的是承受力。只有在匪夷所思的承受中才会感到自己属于强者，也许为此，我的写作一大半是在夏季。很多作家包括普希金不都是在爽朗而惬意的秋天里开花结果？我却每每进入炎热的夏季，反而写作力加倍地旺盛。我想，这一定是那些沉重的人生的苦夏，锻造出我这个反常的性格习惯。我太熟悉那种写作久了，汗湿的胳膊粘在书桌玻璃上的美妙无比的感觉。

在维瓦尔第的《四季》中，我常常只听"夏"的一章。它使我激动，胜过春之蓬发、秋之灿烂、冬之静穆。友人说"夏"的一章，极尽华丽之美。我说我从中感受到的，却是夏的苦涩与艰辛，甚至还有一点儿悲壮。友人说，我在这音乐情境里已经放进去太多自己的故事。我点点头，并告诉他我的音乐体验。音乐的最高境界是超越听觉；不只是它给你，更是你给它。

年年夏日，我都会这样体验一次夏的意义，从而激情迸发，心境昂然。一手撑着滚烫的酷暑，一手写下许多文字来。

今年我还发现，这伏夏不是被秋风吹去的，更不是给我们的扇子轰走的——

夏天是被它自己融化掉的。

因为，夏天的最后一刻，总是它酷热的极致。我明白了，它是耗尽自己的一切，才显示出夏的无边的威力。生命的快乐是能量淋漓尽致地发挥。但谁能像它这样，用一种自焚的形式，创造出这火一样辉煌的顶点？

于是，我充满了夏之崇拜！我要一连跨过眼前的辽阔的秋、悠长的冬和遥远的春，再一次邂逅你，我精神的无上境界——苦夏！